精品文学书系

一生必知的中国

文学

知识

李超 主编

ARTTIME
时代出版

时代出版传媒股份有限公司
安徽文艺出版社

图书在版编目（ＣＩＰ）数据

　　一生必知的中国文学知识 / 李超主编. — 合肥：
安徽文艺出版社，2012.2（2024.1重印）
　　（时代馆书系·精品文学书系）
　　ISBN 978-7-5396-3909-3

　　Ⅰ. ①一··· Ⅱ. ①李··· Ⅲ. ①中国文学－文学欣赏－
青年读物②中国文学－文学欣赏－少年读物 Ⅳ. ①I206-49

　　中国版本图书馆 CIP 数据核字(2011)第 216696 号

一生必知的中国文学知识

YISHENG BIZHI DE ZHONGGUO WENXUE ZHISHI

· ·

出 版 人：朱寒冬
责任编辑：刘姗姗　　　　　　　　装帧设计：三棵树　文艺

· ·

出版发行：安徽文艺出版社　　www.awpub.com
地　　址：合肥市翡翠路 1118 号　　邮政编码：230071
营 销 部：(0551)3533889
印　　制：唐山富达印务有限公司　　电话：(022)69381830

· ·

开本：700×1000　1/16　　印张：10　　字数：159 千字
版次：2012 年 2 月第 1 版
印次：2024 年 1 月第 2 次印刷
定价：48.00 元

· ·

前　言

在我国幅员辽阔的土地上，很早就有人类生存着。随着人类的发展和进步，伟大的中华民族孕育出了古老而悠长的文明。我国是世界上文明开发最早的国家之一，我们的祖先在文学、艺术、建筑、绘画、医学等方面都取得过令世人瞩目的成就。我国文学历史之悠久、种类之繁多、形式之丰盈，可以与世界上任何一个文学大国相媲美。

早在公元前6世纪，我国就出现了第一部诗歌总集《诗经》，它是我国文学的光辉起点，也是我国早期文学发达的标志。这时还出现了两位圣人——道家学派的创始人老子和儒家学派的创始人孔子，他们的思想和学说对后世产生了深远的影响。

继《诗经》之后，在我国文学史上放射出万丈光芒的就是"楚辞"。楚辞是伟大的爱国诗人屈原在学习民歌的基础上创造的一种新诗体，它打破了《诗经》的四言形式，而代之以从三四言到七八言等参差不齐的形式，这既是诗歌的发展，也是文学的革新。屈原的诗歌创作标志着我国文学史从集体歌唱到个人创作的新纪元。同时，在创作方法上，屈原也大胆吸收了神话的浪漫主义精神，为后世作家提供了善于向民间文学学习的光辉榜样。屈原的诗作，感情炽烈、想象丰富，他是我国浪漫主义文学的远祖。

战国时期是一个思想繁盛的时期。随着社会发生的大变革，思想界也活跃起来，许多思想家都建立了不同的思想学派，除了道家和儒家外，还出现了墨家、法家、兵家、纵横家等学派，他们纷纷著书立说，宣传自己的主张。在文化界形成了一个百家争鸣、百花齐放的繁荣景象，大大促进了文化的发展和进步。

然而到了秦朝，为了实现思想上的高度统一，秦始皇下令除秦国的历史书籍和医药、占卜之类的书以外，其他民间收藏的史书及《诗经》、《尚书》，还有诸子百家之类的书籍要全部烧毁，这一重大历史事件就是后人所说的"焚书"。第二年，一些儒生和方士背后说秦始皇贪权专断，残暴无德，秦始皇听后大怒，进行了追查，总共逮捕了四百六十多人，并且将他们全部活埋，这就是中国历史上所说的"坑儒"了。焚书坑儒钳制了思想，摧残了文化，是文学史上的一次浩劫。

到了汉代，汉赋这种新的文学体裁在楚辞的基础上发展起来了。贾谊、枚乘、司马相如等都是著名的汉赋家，他们的作品代表了"赋"的最高成就。

唐代是中国诗歌发展高度成熟的黄金时代，唐诗是我国古典文学中最具民族特色的一座文学宝库，也是全世界文学宝库中一颗灿烂的明珠。在这一时期，出现了两千多位优秀的诗人，李白、杜甫、白居易都是世界闻名的伟大诗人。在唐代不到三百年的时间里，留下来的诗歌将近5万首，达到了诗歌创作的巅峰。这些不朽的诗篇世代流传着，为人们所喜爱。

宋词是一种形式比较自由的文体，它与唐诗一脉相承，内容深刻，具有一定的现实意义。苏轼、李清照、辛弃疾都是著名的大词人。宋词的出现，极大地丰富了文学艺术的表现手法。宋词同唐诗一样，也是我国文学皇冠上一颗光彩夺目的钻石。

如果说唐诗和宋词是我国文学史上的"双璧"，元曲就是古典文学的集大成者。这一时期出现了许多伟大的戏剧家，如创作了《窦娥冤》的关汉卿和《西厢记》的作者王实甫等等。元曲包括散曲和杂剧，它反映社会和人生的范围更加广阔，因此这种文学体裁在文学史上有着独特的地位。

明清时期是我国小说创作的高峰，出现了古典的四大名著，它们是罗贯中的《三国演义》、施耐庵的《水浒传》、吴承恩的《西游记》和曹雪芹的《红楼梦》，此外还有冯梦龙和凌濛初的短篇白话小说"三言"、"二拍"，蒲松龄的"谈狐说鬼"的文言文小说《聊斋志异》，以及吴敬梓的讽刺小说《儒林外史》等等。小说是能把思想性和艺术性结合得最好的一种文学体裁。明清小说不仅是我国文学史上的瑰宝，而且在世界文学宝库中也占有重要地位。

我国的现当代文学在革命风暴中诞生、发展，最后逐渐走向成熟。在这个文学高度发展的时代，白话小说、散文、童话作品、戏剧、诗歌等都有了新的发展。这一时期也涌现出一批著名的文学大家——新文化运动的伟大旗手鲁迅、新诗运动的奠基人郭沫若、杰出的文学家茅盾、现代诗人徐志摩、人民艺术家老舍、一代文豪巴金……他们的作品直到现在仍被广为传诵，还有许多流传到了海外，为博大精深的中国文学编织出更为璀璨夺目的花环。

文学的发展代表着一个国家文明发展的程度。中华民族在自身成长的过程中，创造了光辉灿烂的文学艺术。青少年是21世纪的主人和建设者，有感于提高青少年素质的需要，我们推出了这本《一生必知的中国文学知识》，以使孩子们从小就了解我国文学的发展历程。本书不仅能使他们增长见识、开阔眼界，而且还能陶冶他们的情操，使他们更好地领略中华三千年文学成就的风采。

《一生必知的中国文学知识》是一部伴随中国青少年成长的必备读物，它提取了我国文学发展史中的精华，蕴涵了丰富的文学知识。书中不仅有对历代文学家和他们作品的详细介绍，而且还有许多妙趣横生的小故事，在使小读者们更好地理解我国文学的深厚内涵、提高他们的文学素养的同时，更能潜移默化地加强他们对文学的热爱，为他们提供开启人类文学艺术宝库的钥匙，引导他们通向知识海洋的彼岸。

编　者

目　录

一生必知的中国文学知识

宋朝时期

明朝时期

春秋时期

春秋时期是我国文学史上的一个重要阶段，在这一时期，出现了我国历史上的第一部诗歌总集——《诗经》。《诗经》是我国文学的光辉起点，它是我国早期文学发达的标志。这一时期还出现了两位圣人——道家学派的创始人老子和儒家学派的创始人孔子。老子崇尚"无为"，希望社会能达到一种人人和睦相处的原始状态。孔子是我国历史上伟大的思想家和教育家，被后人尊称为"孔圣人"。相传他曾修订了《诗经》、《尚书》、《春秋》，对文化典籍的保存作出了重大的贡献。《论语》记录了孔子和他的弟子们的言行，代表了孔子的基本思想。《论语》同《大学》、《中庸》、《孟子》一起，并称为"四书"，对后人具有重要的教育意义和深远的影响。

《诗经》

　　《诗经》是我国历史上最早的一部诗歌总集，原名为《诗》，共收集了从西周初年到春秋中叶的诗歌305篇，所以又称"诗三百"。

　　《诗经》分为风、雅、颂三部分。"风"即国风，为周朝各诸侯国和地方的乐曲，大部分是民歌。"雅"是正的意思，分为大雅和小雅，其中大部分为贵族士大夫的作品，也有一小部分民歌。"颂"是庙堂中的颂歌，是贵族祭神祭祖、歌功颂德的乐曲，分为周颂、鲁颂、商颂三部分。

　　《诗经》反映了周代社会生产、生活、民众的恋爱和婚姻以及民情风俗等各种情况。在春秋后期，孔子对这些乐歌做了审订和整理，把它作为向弟子传授知识的教本，从此一代一代流传下来，被后人尊为儒家的经典。

《诗经·魏风·硕鼠》

　　《诗经》的内容很丰富，有的描述的是各地的风俗人情，有的是对当时政治的讽刺，有的是表达对祖国的热爱之情，还有的是描写青年男女之间的爱恋……其中《硕鼠》一篇表达的是贫苦百姓对贪得无厌的统治者的控诉。

　　　　硕鼠硕鼠，无食我黍！三岁贯汝，莫我肯顾。

　　　　逝将去汝，适彼乐土。乐土乐土，爰得我所？

　　　　硕鼠硕鼠，无食我麦！三岁贯汝，莫我肯德。

　　　　逝将去汝，适彼乐国。乐国乐国，爰得我直？

　　　　硕鼠硕鼠，无食我苗！三岁贯汝，莫我肯劳。

　　　　逝将去汝，适彼乐郊。乐郊乐郊，谁之永号？

这首诗的意思是：大老鼠啊大老鼠，不要再吃我的谷米！我已经供养了你多年，可你却一点也不顾惜我。我要永远地离开你，去寻找一片乐土。乐土啊乐土，哪里才是我的安身之所？

大老鼠啊大老鼠，不要再吃我的大麦粒！我已经供养了你多年，可你却一点也不肯施给我恩德。我要永远地离开你，去投奔一个快乐的家国。乐国啊乐国，在那里我怎能不安居乐业？

大老鼠啊大老鼠，不要再啃我的禾苗，我已经供养了你多年，可你却一点也不体谅我的艰辛。我要永远地离开你，去选择一个快乐的乡村。乐郊啊乐郊，到了那里谁还会发出长久的叹息呢？

老鼠祸害粮食，危害百姓，古人早已明白这个道理。文章中的"硕鼠"比喻剥削者，农夫年年岁岁辛苦地供养了"硕鼠"，却得不到他们丝毫的恩惠。于是农

《诗经·魏风·硕鼠》

夫们忍无可忍，发出了愤怒的呼声，发誓要离开"硕鼠"，去寻觅自己安居的"乐土"。这首诗表达了农夫们对统治者的憎恨，也表达了他们对美好生活的向往和追求，鼓舞着人民进行英勇的抗争。

《诗经》中的成语故事—— 一日三秋

在《诗经·王风》中有一首《采葛》诗：

> 彼采葛兮，一日不见，如三月兮；
>
> 彼采萧兮，一日不见，如三秋兮；
>
> 彼采艾兮，一日不见，如三岁兮。

这首诗是说很久以前，有一位男子和一位女子，他们两个人常常一起去山上采草药，有时还一起在田间劳动。因为两个人常常见面，所以就产生了

感情，男子觉得女子很温柔，女子觉得男子很体贴，他们都很喜欢对方。

如果他们一天没有见到面，就会觉得好像过了三个月那么久；一天没有见到面，就好像分开了三个秋天；一天没有见到面，就好像分开了三年一样。后来，人们引出了"一日三秋"这个成语，比喻双方之间的情感深厚，一天不见就好像过了三年一样，形容思念的殷切。

《诗经》是中国文学的起点

《诗经》是一部以抒情为主的诗歌总集，它奠定了中国文学以抒情为主的发展方向。《诗经》是我国文学的光辉起点，它的出现是我国早期文学发达的标志。

《诗经》很注重反映现实的生活，它的大部分诗篇都反映了现实的人间世界和日常生活、日常经验，同时，《诗经》又具有显著的政治与道德色彩。

《诗经》大量运用了赋、比、兴的表现手法，加强了作品的形象性，获得了良好的艺术效果，构成了中国古典诗歌的一种特殊韵味。

《诗经》从多方面表现了当时那个时代丰富多彩的生活，反映了各个阶层人们的喜怒哀乐，开辟了中国诗歌的独特道路。虽然由于特殊的社会生存条件的制约，《诗经》缺乏浪漫的幻想，缺乏飞扬的个性自由精神，但在那个古老的时代，它是无愧于人类文明的，是值得我们骄傲的。

老子与《道德经》

老子（生卒年不详）

老子（生卒年不详），姓李名耳，又称老聃，春秋末年楚国苦县（今河南鹿邑）人，是道家学派的创始人。老子主张无为，希望社会退回到小国寡民的原始状态，这是一种消极的思想。

老子曾担任周朝掌管史料的官员，退隐后著有《道德经》，书中主要阐述自然无为思想，用"道"来说明宇宙万物的演变，以辨证的论点叙述清淡处世的人生观，对我国的哲学发展起到了举足轻重的作用。

老子的预言

老子有一次西行，路经函谷关的时候遇到了关令尹喜，被他请到家里做客。

尹喜有两个不到三岁的孩子。老二长得聪明伶俐，老大呢，看着不但不伶俐，还一脸老实相。

尹喜手里拿个元宝，一边摆弄，一边问老子："先生，你看，这两个孩子，我以后能享到哪个的福？"

老子一时没有回答。坐在旁边的一位客人见老子没说话，就插嘴说："当然是能享老二的福。你看这老二，聪明伶俐，以后肯定会有很大的出息。"

老子从尹喜手里接过元宝，向老大说："好孩子，来，你打你爹一巴掌，我就把元宝给你。你要是不打我就不给。"

可不管他怎么说，老大总是睁着两只大眼睛，不打也不接元宝。

老子又把元宝递向老二说："好孩子，来，你打你爹一巴掌，我就把元宝给你。你要是不打可就得不到元宝。"

老二高兴地瞪着小眼，伸出小手，照着父亲的脸上就打了一巴掌，老子把元宝递给了老二。老二高兴地接过元宝，得意地跑去玩了。

尹喜高兴地说："还是这孩子有办法，以后我会享他的福了。"

老子说："尹喜弟，依我说，以后能让你享福的是老大，不是老二。"

尹喜笑了，问道："先生，你从哪里可以看出来呢？"

老子说："因为老大重义不重利，有真情；老二见利忘义，没有真情。"

坐在旁边的那位客人笑着说："可以这样断定吗？"

老子说："每个人都在变化，但是如果没有特别的变化而就这样发展下去，会是这样的。"

事过以后，尹喜并没有在意。几十年后，尹喜告老还家，卧病在床。

这时他的大儿子成了一个穷人，二儿子在外经商，手里很有钱。老大整天守在尹喜的床头，家里东西因给父亲治病卖光了，就靠要饭养活老人家。老二听说父亲病了，连理也不理，老大求人给在外做生意的弟弟捎信，说父亲快要死了，要他回来看一眼，得到的回答却是："我做生意赚钱要紧，回家看他一眼少赚好些钱，谁赔我？"

这时候，尹喜一下子想起了几十年前老子先生说过的话，悲哀地说："先生的预言真准啊！"

《道德经》

老子学识广博、思想深刻，是一位能言善辩的学者。他一生最大的成就是写了《道德经》，据说他写完这部书后就出了函谷关，再也不知去向了。

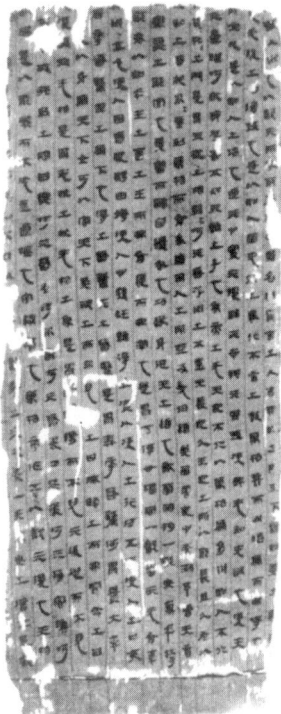

《道德经》残片

老子在《道德经》中提出了"道"的概念，认为"道"是看不见、摸不到的，它是宇宙中唯一的、绝对的物质存在，天地万物都是根据道产生的。

《道德经》一共只有 5000 字，是用韵文写成的哲理诗，分为《道经》和《德经》。《道经》主要讲的是哲学内容；《德经》分为政治和军事两部分。老子认为万事万物都存在着相互联系、相互依存的关系，有与无、难与易、长与短、上与下等都是对立统一的，如果一方不存在，对方就失去了存在的条件。他还认识到对立面是可以转化的。

老子对当时诸侯混战、民不聊生的社会现象十分不满，他的理想社会是"小国寡民"的状态，邻国间"鸡犬之声相闻，老死不相往来"，这反映了老子"无为而治"的哲学思想。

孔子与《论语》

孔子（前551～前479）

孔子（前551～前479），名丘，字仲尼，春秋时期的鲁国人。我国历史上伟大的思想家和教育家，儒家学派的创始人，被后人尊称为"孔圣人"。

孔子是一位大教育家，他在30多岁的时候开始创办私学，广收门徒，传说他的学生有3000多人，其中著名的有72人。

孔子也是一位伟大的思想家，他重视"礼"、"义"，主张实行"仁政"，因此他曾带领弟子周游列国14年，宣传自己的政治主张。

孔子晚年的时候回到了鲁国，专心整理古代的文化典籍。他曾修订了《诗经》、《尚书》和《春秋》，对于文化典籍的传承作出了重大的贡献。

《论语》记录了孔子及其弟子的言行，代表了孔子的基本思想，同《大学》、《中庸》、《孟子》并称为"四书"，对后世具有重要的教育意义和深远的影响。

孔子创办杏坛育人

孔子生活的时期，教育比较落后，学校都是官府创办的，因此称作"公学"。只有极少数贵族子弟才有入公学受教育的机会，而且公学里的教育理论十分落后，学生们根本学不到什么有用的东西。他们在学校里比身份、比地位、比享受、比阔气，不用心学习，不求上进，而许多想要学习的平民子弟却没有进入公学受教育的机会。孔子看到这种现象，十分着急，他想：长此下去，怎么能培养出治理国家的有用之才呢？于是，他决定自己创办学校，为了和"公学"区别开来，他把创办的学校称为"私学"。

私学开学这一天，孔子家的小院里非常热闹。孔子亲自带领一伙青年垒土筑坛，有的刨，有的铲，有的运……这时正是盛夏，天气十分炎热，大家累得汗流浃背，可是谁也不肯休息一下。这些人中有和孔子小时候一起放牛的牧童，有孔子当吹鼓手时的伙伴，有许多亲朋好友，还有一些素不相识的人，听说孔子招收学生不讲门第，也从很远的地方赶来帮忙。人多力量大，不一会儿，一个不错的讲坛就筑成了。还有人移来了一棵小银杏树栽在讲坛边。小银杏树舒展着嫩绿的叶子在微风中轻轻摇曳，孔子凝视着它，仿佛看见小银杏树在迅速长大，枝繁叶茂，杏果满枝……他轻轻地抚摸着笔直的树干，若有所思，自言自语地说："银杏结的果实很多，象征着弟子满天下；树干挺拔直立，象征着弟子们正直的品格；果仁既可食用，又可以治病，象征着弟子们学成之后可以有利于国家和百姓……这个讲坛就取名杏坛吧。"

孔子私学的入学手续很简单，学生们只要带着一只贽雉，表示对老师的敬意，行过拜师之礼就可以了。

第二天，有许多人来拜见孔子，在这些人里，有几岁的孩童，有十几岁的少年，甚至还有年过半百的长者，他们很有秩序地依次拜见老师。

孔子在杏坛讲学

从此，孔子便每天在杏坛讲学。由于学生原有的文化程度不一样，孔子就把他们分成初级班和高级班。初级班学初级"六艺"：《礼》、《乐》、《射》、《御》、《书》、《数》；高级班学高级"六艺"：《诗》、《书》、《礼》、《易》、《乐》、《春秋》。有时孔子一个人讲不过来，就让高级班里学习成绩优异的人给初级班的学生们讲课。

孔子兴办私学，开创了教育普及的先河。它打破了"学在官府"的垄断局面，将教育对象从贵族普及到平民，把学校从"官府"移到"民间"，扩大了学校教育对象的范围。孔子的博爱精神对中国后来的教育事业产生了深远的影响。

《论语》

　　《论语》是对孔子和弟子们的言论与行为的实录，是孔子的弟子记录整理的。它的语言精练而生动，是语录体散文的典范，涉及哲学、政治、经济、教育、文艺等许多方面，内容非常丰富，是儒家学说中最主要的经典。以下是《论语》中的几则，对我们有极大的教育意义。

　　子曰："学而时习之，不亦说乎？有朋自远方来，不亦乐乎？人不知而不愠，不亦君子乎？"

　　这段话的意思是说：学习知识并按时去温习它，不也很愉快吗？有志同道合的朋友从远方来，不也很快乐吗？别人不了解（我），我却不怨恨，不也是有修养的人吗？

　　子曰："温故而知新，可以为师矣。"

　　这段话的意思是说：复习了旧知识，又领悟了新知识，（这样的人）可以做老师了。

　　子曰："学而不思则罔，思而不学则殆。"

　　这段话的意思是说：只是读书却不动脑筋思考，就会感到迷惑；只是冥思苦想却不读书，就会弄得精神疲惫。

　　子贡问曰："孔文子何以谓之'文'也？"

　　子曰："敏而好学，不耻下问，是以谓之'文'也。"

　　这两段话的意思是说，子贡问道："孔文子（谥号）为什么称他为'文'呢？"

　　孔子说："（他）聪敏而又喜欢学习，向不如自己的人请教而不以为耻，因此称他为'文'。"

　　子曰："默而识之，学而不厌，诲人不倦，何有于我哉！"

　　这段话的意思是说：默默地记住学过的东西，努力学习从不感到满足，教导别人而不感到厌倦，在我身上有哪一样呢！

　　子曰："三人行，必有我师焉；择其善者而从之，其不善者而改之。"

　　这段话的意思是：几个人一同走路，这里面一定有可以当我老师的人；选择他们的优点学习它，（看出）他们的缺点，（如果自己也有）就改正它。

子在川上，曰："逝者如斯夫，不舍昼夜。"

孔子在河边说："消逝的时光像这河水一样呀！日夜不停。"

《论语》是集中体现孔子思想的儒家经典，也是世界上完整记录哲人言行最古老的文献之一，能启迪人类的智慧。

左丘明与《左氏春秋》

左丘明（约前556～约前451）

左丘明（约前556～约前451），是春秋时期的史学家，鲁国人，复姓左丘，名明。他双目失明，任鲁国太史，相传他的主要作品有《左氏春秋》、《国语》。

《左氏春秋》，又名《春秋左氏传》、《左传》，著名的《曹刿论战》、《崤之战》、《烛之武退秦师》等文章都出自这本书。它是我国第一部叙事详备的编年体史书，记载了春秋时期的史实，极富文学性。

《左氏春秋》

左丘明是春秋时期鲁国的史官，他年轻时双目就失明了，人们称他为"盲左"。他知识渊博，品德高尚，很受人尊敬。孔子也很欣赏他的人品，还曾经对别人说："左丘明是一个品德高洁的人，我很仰慕他，我有许多看法都和他相同。用花言巧语、矫揉的神态、过分的恭敬在人前表现，左丘明认为这是一种耻辱，我也这样认为；心中藏着怨愤，表面却装着挺友好的样子，左丘明认为这是一种耻辱，我也是这样认为的。"

孔子晚年对鲁国的史料进行了选择整理，修订了《春秋》，左丘明立志要为这部书写序。听说他要为《春秋》写序，许多人都在背后说他："瞧他，自己是个瞎子，还要给《春秋》作序，真是不自量力！"

可是左丘明不管这些，他克服了种种困难，搜集了许多史实，为《春秋》补充了大量的史料，终于创作出了《左氏春秋》。

《左氏春秋》补充并丰富了《春秋》的内容，不光记载了鲁国一国的史实，而且还记载了各国历史；不但记述了政治上的大事，还广泛涉及社会各个领域的"小事"。《左氏春秋》这种有系统、有组织的史书编纂方法大大提高了它的史料价值。

《左氏春秋》书影

在《左氏春秋》里，左丘明还提出了"民本"的思想，他认为位居上位的人要为人民着想，认为人民是根本，这是当时思想的进步。

《左氏春秋》中有许多对战争场景的描述，全书共写了400多次军事行动，其中以晋楚城濮之战等五大战役最为出色，作者按事件的开端、发展、高潮、结局有组织、有层次地加以叙述，使战争场面栩栩如生地展现在人们面前。

《左氏春秋》是我国第一部叙事详备的编年体史书，对于我们了解春秋时期的史实具有重要的研究价值。《左氏春秋》文字优美、生动，具有较强的文学性，通过富有戏剧性的情节展示、塑造了丰满的人物形象，对后世史学、文学的发展有重要的影响，是历代史学家编撰史书的楷模。

与虎谋皮

在孔子与左丘明之间，还有一段有趣的小故事呢。相传有一次，鲁国的国君想让孔子担任司寇（一种官职名），便去征求左丘明的意见。

左丘明回答说："孔丘是当今世上公认的圣人，圣人担任官职，其他人就得离开官位，您与那些因此事而可能离开官位的人去商议，能有什么结果呢？我听说过这样一个故事：周朝时有一个人非常喜欢穿皮衣服，还爱吃精美的饭食。他打算缝制一件价格昂贵的狐狸皮袍子，于是就与狐狸商量说：'把你们的毛皮送给我几张吧。'狐狸一听，全逃到山林里去了。他又想办一桌肥美的羊肉宴席，于是去找羊说：'请帮帮我的忙，把你们的肉割下二斤，我准备办宴席。'没等他说完，羊就吓得狂呼乱叫，互相报信，一齐钻进树林里藏了起来。这样，那人十年也没缝成一件狐狸皮袍子，五年也没办成一桌羊肉宴席。这是什么道理呢？原因就在于他找错了商议的对象！你现在打算让孔丘当司寇，却与那些因此而要辞官的人商议，这不是与狐谋皮，与羊要肉吗？二者有什么不同呢？"

"与虎谋皮"本来是"与狐谋皮"，意思是说同老虎商量，要谋取它的皮，比喻跟所谋求的对象有利害冲突，一定不能成功。现在常常用来形容跟恶人商量，要他牺牲自己的利益，一定办不到。

战国时期

战国时期是一个思想高度繁盛的时期。随着社会发生大变革，思想界也活跃起来，许多思想家都建立了不同的思想学派，他们纷纷著书立说，宣传自己的主张。孟子和荀子是儒家学派的代表。孟子继承了孔子的思想，并提出了"性善论"，被尊为"亚圣"。荀子的著作是《荀子》，他提出了"性恶论"，这和孟子有所不同。庄子是道家学派的继承人，他的思想也很消极，他和老子合称为"老庄"。韩非子是法家的代表，他的思想后来被秦始皇吸收，秦朝的许多政治措施都是法家思想的运用。屈原是我国文学史上最早的伟大诗人，他的作品开创了我国文学史上浪漫主义的先河，他因被推举为世界文化名人而受到广泛的纪念。

孟 子

孟子（约前372～前289）

孟子（约前372～前289），名轲，字子舆，战国时期邹（今山东邹县）人，伟大的思想家，儒家学派的主要代表之一。孟子提出了"人性本善论"，把"仁政"作为自己的思想核心，并以士的身份在各个诸侯国间进行游说，企图推行自己的政治主张，可是当时几个大国都致力于富国强兵，想通过暴力的手段实现统一，孟子的仁政学说没有得到实行的机会。他只有退隐讲学，和他的学生一起，专心著书立说，他的著作有《孟子》七篇。

孟子在儒家学派中占有很高的地位，被尊奉为仅次于孔子的"亚圣"。孔子和孟子，被后人合称为"孔孟"。

孟母教子

孟子三岁时父亲就死了，全靠母亲把他抚养长大。孟母非常疼爱自己的儿子，很注重对他的教育。

孟子家原来住在乡间，靠近坟地，送葬、祭坟的人常常不断。幼小的孟子和小朋友们时常出没于墓地之间，学着送葬的人哭丧的样子，有时还偷供果吃。敏锐的孟母立刻感到这个环境不利于孩子的成长，便毅然将家搬到了集市上。

热闹的集市上商人小贩络绎不绝，孟子又常常跑到集市上去玩，观看小贩们卖货，久而久之，又模仿起商人叫卖、骗人的样子来。孟母认为这个环境也不利于孩子的学习，就再一次搬了家。

这回的新家是个靠近学堂的地方，许多既有学问又懂礼仪的读书人都聚集在这里，读书的气氛很浓。小孩子很喜欢模仿，孟子又渐渐开始学习念书和学堂中的一些礼仪。孟母这一次很放心，就带着孟子在此定居下来，把他送进学堂里读书。孟子开始时对学习很有兴趣，可时间一长就厌烦起来，很不用功，随便玩耍，有时还逃学，孟母很焦急。有一次，孟子逃学回来，正在织布的孟母看见了，立刻拿起一把剪刀当着孟子的面把织布机上的经线全部割断了。孟子见状惊呆了，连忙问母亲为什么要这样做？孟母语重心长地说："求学跟织布一样，把线割断了就无法织成布；读书要点滴积累，如果不时时用功，温故知新，就不能获得渊博的知识，就永远成不了有用之人。"

从此，孟子牢记母亲的话，不再逃学，发愤攻读，立志成材。他长大后，逐渐成为一个很有学问的人。后来，他被孔子的儒家思想所吸引，于是决定离开邹国到孔子的家乡鲁国去深造，逐渐成为一名卓越的思想家和杰出的儒家学派的大师。

《孟子》中的小故事

《孟子》七篇是记录孟子言行的一部著作，也是儒家的重要经典之一，同时还是一本优秀的古代散文集，在哲学史和文学史上都有着较高的地位。它包括《梁惠王》、《公孙丑》、《滕文公》、《离娄》、《万章》、《告子》、《尽心》。《孟子》中有很多小故事，都很有教育意义。

有一次，孟子和梁惠王讨论政事，梁惠王说："我对国家很尽心了吧？河内饥荒，就把那里的民众迁移到河东，把河东的粮食运到河内去，河东饥荒时也这样。了解一下邻国的政绩，没有像我这样尽心尽力的君王。可是邻国的民众不见减少，我的民众不见增多，是什么道理呢？"

孟子答道："大王喜好打仗，让我用打仗来做比喻。战鼓咚咚响，交战开始了，战败的士兵丢盔弃甲拖着武器奔逃，有的跑了一百步才停下，有的跑了五十步就停下了。跑了五十步的人因此而讥笑跑了一百步的人，行不行呢？"

梁惠王说："不行，他只不过没有跑到一百步，但同样是逃跑。"

孟子说："大王如果知道这个道理，就不要希望你的民众比邻国多了。"

后来，人们用"五十步笑百步"的成语比喻那些以小失败嘲笑大失败的人，还用来比喻程度不同但本质相同的做法。

孟子告诫弟子们学习要专心致志，持之以恒，并讲了一个故事：弈秋是古代有名的棋手，有两个人慕名而来，同时拜他为师。弈秋一心想把自己的棋艺传授给他们，讲课特别认真。一个学生特别用心地听他讲课。另一个学生表面上也在认真地听课，而实际上思想很不集中，他看到大雁从窗外飞过，就联想到要吃大雁的肉……

弈秋讲完课，就叫两人对弈。开局不久，就见分晓：一个从容不迫地能攻能守，一个手忙脚乱地应付。弈秋一看，两人的棋艺相差悬殊，就对棋艺差的学生说："你们两个人一起听我讲课，他能专心致志，而你呢，心不在焉。"

成语"专心致志"由此而来，形容做事或学习时一心一意，能够聚精会神。

庄　子

庄子（约前 369 ~ 前 286）

庄子（约前 369 ~ 前 286），名周，宋国蒙城（今河南省商丘县东北）人，是战国时期道家学派的代表人物。

庄子继承发展了老子的思想，他的思想核心是强调无为，一切顺其自然，他推崇朴素的自然状态，希望社会退回到远古时代，因此他的思想是消极的。但是庄子对当时统治阶级和社会的黑暗也进行了无情的揭露，因此他的思想也有积极的一面。

庄子的主要作品有《庄子》。《庄子》是诸子散文中文学成就最高的一部，它的气势雄伟壮阔，具有浓厚的浪漫主义气息，是人类思想史上一笔宝贵的精神财富。

《庄子》与《逍遥游》

庄子的主要作品是《庄子》，分为《内篇》、《外篇》、《杂篇》三部分，现存的共有33篇。其中，《逍遥游》是《庄子》的第一篇，也是庄子的代表作。"逍遥游"是指不受约束、自由自在地遨游，它既是一段神话故事，也是一篇寓言，是说明世间许多事物，虽然有大小的不同，但是都要依赖一定的条件。鹏是大鸟，只有凭借九万里的风才能起飞；还有许多小虫小鸟，也能在草丛里自由地飞翔。真正的逍遥者，追求的是一种超越时空限制的绝对自由，他认为无己、无功、无名的境地才是崇高的境界。这是庄子哲学思想的体现。

庄子对后世的影响，不仅表现在他的哲学思想上，而且还表现在文学方面。他的政治主张、哲学思想不是干巴巴的说教，相反，都是通过一个个生动形象、幽默机智的寓言故事，通过想象力奇特的语言文字，巧妙活泼、引人入胜地表达出来，具有很强的感染力。

《庄子》是中国古代的哲学名著，也是一部道家思想的集大成之作，同时还是一座语言艺术的丰碑、一部杰出的古代寓言总集。它对中国古代哲学、思想及文学等方面都产生了极其深远的影响。

庄子与惠施

庄子崇尚自然，他是一个隐士，不喜欢和上流社会中的人往来，可是有一个例外，就是惠施。惠施是一个名辩家，也是庄子的一个好朋友。庄子经常和他辩论，表达自己的思想和主张，他们之间有许多有趣的小故事。

有一次，惠施在魏国做了大官，很是得意，便带了一个车队浩浩荡荡地来看望庄子。庄子当时正在钓鱼，已经钓了满满一桶鱼了。一看到惠施这样子，就立刻提起了桶，只留下了一条鱼，把其他的鱼全都倒进河里去，然后，头也不回地回家去了，不再理惠施。庄子为什么要那样做呢？原来他是看不惯惠施的作风，认为他太夸张，只不过是当了一个官，却非要坐

那么多的车子，这不是讲究排场吗？所以他只留下了一条鱼给自己，意思是说我一个人钓那么多鱼干什么，一条鱼就够吃了，以此来批评惠施爱慕虚荣。

后来惠施死了，庄子很伤心，因为他一直把惠施当成同自己辩论的好友。有一次，庄子路过他的墓地，给弟子讲了一个故事。他说过去楚国有一个人，有一天他用石灰刷墙，一不小心把一点石灰溅到了鼻子上，怎么也抹不掉，就想了一个办法，请了个木匠，用斧子来替他砍。木匠抡起斧子一阵风一样就向这个人鼻子上的白点砍过来了，这人站在那里眼睛都不眨，纹丝不动，木匠的斧子刚好就这样砍过去，把他鼻尖上的石灰砍掉了，鼻子却一点都没有受伤。楚国的国君听说这件事情后，就找来这个木匠，说你的斧头有这么准，我不信，你砍给我看。木匠说我是有这么准，但这个世界上只有一个人可以和我配合，他能站在那里不动，这个人现在已经死掉了，我就砍不起来了。最后，庄子伤心地对弟子说，惠施死了以后，就再也没有人同我辩论了。

涸辙之鱼

由于庄子很清高，所以他生活很清贫。有一次，他家穷得实在揭不开锅了，无奈之下，只好硬着头皮到监理河道的官吏家去借粮。

监河侯看见庄子登门求助，便伪装慈善，满口应承，显出慷慨大方的样子，答应借粮。他对庄子说："可以，等我收到租税后，马上借你一些钱，那样你就可以买粮了。"

庄子一听，气得变了脸色。他愤然地对监河侯说："我赶路到府上来时，半路突然听到呼救声。我环顾四周却没看见人影，再仔细观察周围，才看见原来是在干涸的车辙沟里躺着一条鲫鱼。"

庄子叹了口气接着说："它一见到我，就像遇见救星一样向我求救。它说：'我原来住在东海里，现在不幸沦落在车辙里，眼看快要干死了，求求你给我一点儿水，救救我吧。'"

监河侯听了庄子的话后，问他："那你救鲫鱼了吗？"

庄子白了监河侯一眼，冷冷地说："我说可以，等我到了南方，劝说吴王和越王，请他们把西江的水引到你这儿来，把你接回东海老家去吧！"

监河侯责问庄子说："你的做法太荒唐了，哪有这样救人的呢？等你到了东海，鲫鱼恐怕早就完了。"

庄子生气地回答说："是啊，鲫鱼听了我的主意，气得睁大了眼，说眼下断了水，我没有安身之处，只需几桶水就能让我活命，你说的全是空话，等你把水引来，我早就成了鱼市上的干鱼啦！"

远水解不了近渴，这是人们都懂的常识。这篇寓言揭露了监河侯假大方、真吝啬的伪善面目，讽刺了说大话、讲空话、不解决实际问题之人的惯用伎俩。而诚实的人的态度是少说空话，多办实事。

荀 子

荀子（约前 313～前 238）

荀子（约前 313～前 238），名况，字卿，又称荀卿，战国末期的赵国郇（今山西临猗县）人，是先秦时期儒家的最后一位大师，著名的思想家、教育家。荀子曾在齐国游学，后来去了楚国，被春申君拜为兰陵令。他的著作被后人编定为《荀子》，共有 32 篇，多是关于社会、政治、伦理、教育等方面的学术论文，善于运用自然界和日常生活中的事例作为论据，深入浅出，代表了先秦论说文的新成就。

战国末年，齐国的都城临淄聚集了很多有才能、有学问的人，是天下英才向往的圣地，因为那里有个著名的学术活动中心叫稷下学宫，许多名人都在那里做主讲老师。

荀子 15 岁的时候，就来到临淄游学，后来也当上了主讲，成为一位著名的老师。有一次，在给学生们讲课的时候，他提出了"人的本性是邪恶的"的理论，学生们很不理解，就问他说："老师，以前的主讲孟子老师跟我们说：'人的本性是善良的，每个人都有慈善之心，羞恶之心，礼让之心。'可是您却说'人的本性是邪恶的',这是为什么呢?"

荀子说:"人的本性是邪恶的,他之所以能变成善良的人,是因为他后来自我改造的结果。经过不断地学习和努力,小人可以变为君子,普通人可以变为圣人。从前有个叫告子的人,他说:'人的本性不分善恶,就好像是水不分东西一样。'这句话也有一定的道理,一个人只要能勇敢地面对自己,谁还会在乎他是神仙还是魔鬼呢?"

荀子特别推崇教师的地位和作用,竭力倡导尊重老师。他认为,"礼"是最高的社会规范,老师又在传授"礼",是施行"礼"的榜样,所以老师的作用是同国家的前途和命运相连的,学生必须无条件地服从老师,老师在教学过程中处于主导地位。

同时,荀子还对老师提出了严格的要求,认为当老师的应该具备四个条件:一是要有尊严,要能使人敬服;二是要有崇高的威信和丰富的经验;三是要具备传授知识的能力;四是要能体会"礼法"中的道理。就这样,荀子教出了很多学生,其中著名的有韩非子和李斯。

后来,有人在齐王面前说荀子的坏话,荀子就离开了齐国,来到楚国,当了一个小官。但是又有人认为荀子的到来对楚国来讲是个危险,所以荀子又来到了赵国,赵国拜他为上卿。这时,楚国有人对楚相春申君说荀子是个人才,应当让他回国,于是春申君派人请回荀子,任命他为兰陵令。等到春申君被杀害后,荀子就罢了官回家,开始撰写《荀子》。

《荀子》具有很高的成就,是儒家学说的经典。其中《劝学篇》是荀子的代表作,强调学习要专一,分为两部分:一方面强调学习的重要性,另一方面强调了学习还要注重方法;勉励人们要坚持学习,只有这样,才能增长知识,发展才能,培养高尚的品德。文章的主题就是要劝勉、鼓励人们勤奋学习,对我们有很强的教育意义。

在荀子的著作中,《天论篇》也是非常杰出的。荀子认为天的变化是自然的变化,而且这种变化是有规律的,日月星辰的运行、春夏秋冬四季的更替,历代都是相同的,天不会因人们厌恶冷天而取消冬季,地也不会因为人们厌恶辽远而缩小面积。日食月食的出现、风雨的失调,是世代常有的事。

荀子对自然界有比较正确的理解,他还认为人类社会的贫、病、祸、凶不是出于什么天意,而是由人自己来决定的。他认为人力是强大的,能够战胜自然，如果能充分利用自然的供养，顺应按照人类生理需要而生活的法则，明确什么是可以做的，什么是不可以做的，这样天地就会尽其职守，万物都能为人役使。

荀子还认为顺应人类生理需要就会使人得到幸福，违反人类生理需要就会使人遭到祸害。如果能掌握自然的变化规律，就能更好地利用自然，让它为人类服务，这是光辉的人定胜天的思想。

《荀子》结构严谨，形式完美，代表了先秦诸子散文的最高成就，为别的著作所不及，同时它也是珍贵的历史资料，对于研究战国时期的历史有着重要的作用。

韩非子

韩非子（约前280～前233）

韩非子（约前280～前233），韩国的贵族，荀子的学生，战国末期著名的思想家，法家学派的代表人物。

秦王嬴政读了他的著作之后，十分佩服，邀他来到秦国。而他的同学李斯怕他被重用而动摇自己的地位，将他陷害入狱，最后韩非子在监狱中被害。

他的著作《韩非子》是先秦法家的代表作，共55篇，其中运用了大量的比喻和寓言来说明道理，增强了文章的生动性和说服力，如"自相矛盾"、"守株待兔"、"滥竽充数"等许多寓言故事都出自这部书，至今仍被广泛引用。

《韩非子》体现了以法治国的思想，秦王嬴政后来采纳了韩非子的观点，建立起一个统一的中央集权的封建国家。

韩非子的思想

韩非子是战国时期韩国的公子。韩国的国土很小，时常受到秦国和楚国的欺侮。韩非子为了振兴韩国，便拜荀子为老师，学习富国强兵之道，逐渐形成了自己的"法术"之说。

有一次，秦王嬴政无意间看到了韩非子的著作，十分赞赏，很想见见这本书的作者。韩非子当年跟从荀子学习的时候，同学中有一个名叫李斯的人，后来成了秦国的宰相。于是，李斯便给秦王献计，说可以派使者通告韩国，如果韩国不交出韩非子，就要对韩国用兵。韩国没有办法，只好派韩非子到秦国进行和谈。秦王嬴政和韩非子一谈，觉得他是个人才，便很赏识他。

嬴政常常跟韩非子研究法术，却引起了李斯的嫉妒，他担心秦王因为韩非子的才华而重用他，便在秦王面前进谗言，说韩非子图谋不轨，于是秦王把韩非子关进了监狱里。可是李斯还是不肯罢休，把放了毒药的饭菜送到牢中。韩非子知道李斯要陷害他，却不得不吃下毒药，含着冤屈死去了。

韩非子虽然死了，他的思想理论却流传了下来。他认为，世界上的一切事物都是发展变化的，一成不变的事物是不存在的。时代变化了，许多事情就要发生变化，人们应该根据这些变化采取相应的对策。

在他的著作《韩非子》中，认为必须以法术来治理国家。法术的"法"，就是指法律，也就是具体而公开的条文，是必须让人民普遍知道并彻底了解的；"术"是君主治理政治的手段，是秘密的，不能让手下和人民察觉。只有用法术来治理国家，才能使国家走上富强的道路。

《韩非子》中的寓言故事

《韩非子》中记载了一个广为流传的故事：从前有个人叫曾子，有一天，他的妻子要到市场上去，他们的小儿子哭着要跟母亲一起去。

为了不让儿子去，曾子的妻子对儿子说："你回去吧，我回来杀猪给你吃。"听了这话，儿子高兴地回家了。

等妻子从市场上回来时，曾子就准备杀猪，妻子着急地说："我刚才是和儿子说着玩呢，你怎么真的要杀猪啊？"曾子一本正经地说："一个人应该言而有信，对小孩子更不能欺骗，当父母的在这方面应该做出榜样来。如果不杀猪，就是欺骗了儿子，儿子以后便不会服你的管教了。"妻子见他说得有理，便同意他把猪杀了。

曾子杀猪这个故事告诉后人，一个人应言而有信，只有取信于人，才能施教于人。

《韩非子》中还记载了一个小故事，叫做"余桃"，是指把自己吃剩的桃子给别人吃的意思。

故事说的是有个叫弥子瑕的少年，他风度翩翩，很受卫灵公的宠爱。

有一次，弥子瑕在桃园游玩的时候，摘了一个熟透的桃子吃了。想不到这桃子的味道非常好，于是他就把吃剩的一半留着，拿去献给卫灵公。

卫灵公很高兴，对他说："你一定是舍不得吃，所以特意把它留给我。"并且重重赏了弥子瑕。

几年后，弥子瑕的容貌不再像以前那般美好，卫灵公就渐渐地疏远了他。有一天，卫灵公突然想起弥子瑕赠送余桃的事，就大声骂道："弥子瑕真是可恶极了，竟然把吃剩的桃子送给我吃！"

同样是弥子瑕所做的一件事，却随着卫灵公感情的变化，由高兴而变为憎恶。韩非子用这个故事来说明要说服君主的时候，一定要考虑到君主对自己的感觉和看法，并且，还要顾虑到君主会时常改变主意这一点。

《韩非子》共有55篇，包括《孤愤》、《五蠹》、《说难》等，共10多万字，吸收了战国时期的道、儒、墨各家思想，认为"道"是事物运动的普遍规律，"理"是具体事物运动的特殊规律，提出以"法"为中心的"法"、"术"、"势"三者合一的君主统治术。

韩非子的"法术"思想产生了极其深远的影响，秦王嬴政建立秦朝之后的许多政治措施，都是对法家思想的运用和发展。

屈 原

屈原（约前340～约前278）

屈原（约前340～约前278），名平，字原，又字灵均，战国末年楚国的贵族。他既是一位政治家，又是我国文学史上最早的伟大诗人，曾被推举为世界文化名人而受到广泛的纪念。

屈原开创了一种新的诗歌体裁——楚辞，是楚辞的创立者和代表作者。他的作品主要有《离骚》、《九歌》、《天问》、《渔父》等等。作品突破了《诗经》以四字句为主的方式，每句五、六、七、八、九字不等，也有三字、十字句的，句式灵活多变，适于咏唱，从内容到形式都有巨大的创造性。

楚辞是一种全新的、富于生命力和感染力的诗歌，文字优美，气势宏大。屈原的作品开创了我国浪漫主义诗歌的先河，他也被尊为我国历史上第一位伟大的诗人。

楚辞的产生

长江流域同黄河流域一样，很早就孕育着古老的文化。战国时期，楚国在长江流域一度强大起来，成为当时版图最大、人口最多的国家。

丰富的物质条件、活跃的思想，使楚国的文化和艺术有了高度的发展。这一时期，伟大的诗人屈原逐渐开创了一种新诗体——楚辞，这种新的诗歌体裁极大地丰富了诗歌的表现力，为中国古代的诗歌创作开辟了一片新天地。

楚辞是楚地的歌谣。由于当时楚国的舞蹈比较发达，伴着舞蹈的歌谣也相应出现了。现存的歌辞，较早的有《孟子》中记录的《孺子歌》，据说是孔子游楚地时听当地小孩吟唱的：

"沧浪之水清兮，可以濯我缨；沧浪之水浊兮，可以濯我足。"

楚辞的体式与中原歌谣不同，不是整齐的四字句，每句可长可短，灵活多变，有五字、六字、七字、八字、九字不等。楚辞虽然由歌谣而来，但却已经发生了重大变化，它摆脱了歌谣的形式，用繁丽的文辞容纳了复杂的内涵，表现着丰富的思想情感。

屈原的作品

屈原在少年时代，就立志要做一个爱国、爱民而又正直的人。他生活的楚国正处在由盛转衰的政治时期，屈原决心要在政治上有一番作为，使自己的国家富强起来，而且想使他的祖国完成统一中国的伟大事业。然而，他的一番报国之心却没有得到回报，几次遭到流放。公元前278年，秦国大将白起率兵攻占了楚国的都城，此时的屈原已经是60多岁的老人了，听到这个消息后，祖国的危亡、山河的破碎、人民的苦难，使得他悲痛欲绝，终于在这一年的五月初五，他怀抱一块石头，跳进了波涛滚滚的汨罗江……

屈原塑像

屈原自幼生长在西陵峡畔，受山水陶冶，形成了追求自由、不拘小节的性格。他崇尚自我，热爱自然，慷慨激昂地颂扬烈士的牺牲。屈原大量借用楚地的神话材料，用奇丽的幻想，使诗歌的境界大为扩展，他创作的《离骚》、《天问》、《九歌》、《九章》，等等，都是极富浪漫主义色彩的作品，为中国古典诗歌的创作开辟出一条新的道路。

在屈原的作品中，《离骚》是他的代表作，是楚辞中的著名篇章，它反映了屈原的政治愿望，是中国古代文学史上最长的一首浪漫主义的政治抒情诗，在文学发展史上有着重要的地位。

《九歌》也是有名的篇章，是屈原在怀才不遇、报国无门而被流放的过程中所作的，屈原以诗歌的形式表现了自己的爱国热忱。他不受引诱而毅

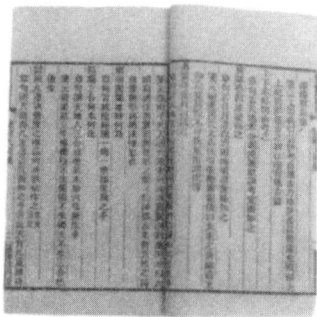
《天问》书影

然报效楚国，希望楚王振作的愿望在《九歌》中表露无遗。

《天问》是一篇充满强烈的探索精神和文学性的经典诗作。在作品中，屈原用疑问句的形式，对"天"问了170多个问题，涉及了天文、地理、文学、哲学等许多领域的内容，它集中反映了屈原的理性思想，是他对宇宙自然、人类社会总体认识的一种升华。

屈原一生爱国爱民，关心祖国命运，在政治革新、诗歌创作、哲学思想等各个方面，都取得了光辉的业绩与成就，形成了高尚的精神风貌，尤其是他创造的新诗体——楚辞，是我国文学宝库中的瑰宝，树立了中国文学史上一座新的丰碑。

秦汉时期

　　汉赋是汉代文学的代表，它是在楚辞基础上发展而成的一种文学体裁。贾谊、枚乘、司马相如等都是著名的汉赋家。西汉史学家司马迁的《史记》是我国第一部纪传体通史，代表了我国史学著作的最高成就，司马迁被尊为"正史之祖"。东汉史学家班固的《汉书》是我国第一部断代体史书，在我国的文学史上也具有较高的成就。乐府诗大部分是民间的乐歌，是一种音乐性的诗歌体裁。《孔雀东南飞》是一首五言体的长篇叙事诗，也是汉代乐府民歌发展的高峰。

李　斯

李斯（？ ～前208）

李斯（？ ～前208），战国末年楚国上蔡（今河南上蔡县）人，秦国时期的大臣，是我国历史上声名显赫、功绩卓著的政治家。李斯年轻时做过掌管文书的小吏，后来拜荀子为师，学习帝王之术和治国的道理。学业完成以后，他来到秦国，辅佐秦王嬴政灭掉其他诸侯国，达成帝业，一统天下，建立起我国历史上第一个统一的多民族的封建国家。

李斯的传世作品不多，最著名的是《谏逐客书》。文章采用大量排比的方式，辞藻丰富，行文流畅，有很强的艺术性，对汉初的散文和汉代的辞赋有很大的影响。鲁迅曾感叹道："秦之文章，李斯一人而已。"

去往秦国

李斯年轻时在楚国当了一个掌管文书的小官。有一次，他在厕所里见到老鼠在吃人的粪便，那里的老鼠又黑又瘦，一看到人和狗，就没命似的逃窜了。后来，他又在仓库里看到了老鼠，这些老鼠肥头大耳，很自在地偷吃粮食，也没有人去管它们。于是，他发出了这样的感慨："一个人要想在社会上出人头地，就应该像在粮库里偷吃粮食的老鼠那样，尽情享受，这样才能干出一番大事业。"为了达到飞黄腾达的目的，李斯辞去小官，到齐国求学。他拜荀子为师，学习荀子的思想，研究如何治理国家的学问。

李斯完成学业之后，决定到秦国去施展自己的才华。

临行之前，他的老师荀子问李斯为什么要到秦国去，李斯回答说："干事业都有一个时机问题，现在各国都在争雄，这正是立功成名的好机会。秦国雄心勃勃，想奋力一统天下，到那里可以大干一场。人生在世，卑贱是最大的耻辱，穷困是莫大的悲哀。一个人总处于卑贱穷困的地位，那是会令人讥笑的。不爱名利，无所作为，并不是读书人的想法。所以，我要到秦国去。"于是，李斯告别了老师，到秦国去实现自己的理想了。

《谏逐客书》

李斯来到秦国，先是当上了秦王嬴政的侍卫。他利用经常接近秦王的机会，劝说秦王抓紧良机，灭掉其他诸侯国，实现天下的统一。嬴政对他很信任，命令他制定吞并六国、统一天下的策略。

秦国一天比一天强大，到秦国来的人也一天比一天多。其中有的人是来探听情况后回去向本国国君报告的。秦国王族里有些人为国家的安全担心，就对嬴政说：

"大王，有些客人实际上是奸细，这对秦国可不利呀！不如下令把所有的客人都赶走，免得他们在这里闹事。"

嬴政觉得有道理，就下了一道"逐客令"，命令把从各诸侯国来的客人都赶走，李斯也在被驱逐的人之列。命令发出不久，李斯就给嬴政写了一篇《谏逐客书》，书上写道："听说您下了逐客令，我觉得这是错误的。秦国有很多功臣都不是本国人。大名鼎鼎的商鞅是卫国人，他就为秦国立了大功。您现在不问是非曲直，说只要不是秦国人就一律赶走，这不是轻视人才吗？"

嬴政看后倒吸了一口凉气，又往下看："大山要不丢弃每块土石才能成为大山，大海要能容纳每一条小河的水才能成为大海。一个强国，也要能招来众多的人才才能不断强盛。如果大王您想成就统一大业，就要不讲国别，不分地域，广集人才，现在有这么多人都愿意到秦国来，这本来是好事，您反倒要赶他们走，这不等于让他们去帮助别的国家来反对自己吗？"

秦王看了《谏逐客书》之后深受感动，立即取消了逐客令，并恢复了李斯的官职。从此，到秦国来的能人更多了。

《谏逐客书》这篇文章不是简单的就事论事，而是引用了古代的史实同眼前的形势作比较，用了大量的排比阐明要想富国强兵、创立基业，就必须广招人才，任用有贤能的人，而不能盲目排斥外来的人员。《谏逐客书》

的辞藻丰富，语意委婉，和谐流畅，对汉初的散文和汉代的辞赋都产生了重要的影响。鲁迅先生曾经评价说："秦之文章，李斯一人而已。"

贾　谊

贾谊（前200～前168）

　　贾谊（前200～前168），又称贾生，洛阳（今属河南省）人，西汉政治家、文学家。汉文帝即位后，他被任命为博士，掌管文献典籍，很受汉文帝的重用。后因其他大臣在文帝面前进谗言，贾谊被贬为长沙王的太傅，因此被后人称为贾长沙、贾太傅。

　　贾谊的作品主要有《新书》，又名《贾子》，共58篇。《论积贮疏》是贾谊的一篇著名的奏疏。贾谊的辞赋上承楚辞、下启汉赋，对后世的影响很大。

《过秦论》

　　《过秦论》是《新书》的第一篇，也是贾谊议论文的代表作，是以总结秦朝灭亡的历史经验为主旨的，开辟了"史论"的先河。

　　"过秦"即"论秦亡国的过失"。论是一种文体。《过秦论》通过对秦王朝兴亡的深入分析，论证了一条规律：统治阶级不能滥用暴力镇压百姓，而要施仁政，减轻赋税，采取与民休息的政策。他说："野谚曰：'前事之不忘，后事之师也。'"认为如果统治阶级能吸收这一历史教训，就会"旷日持久"，才能实现国家的稳定，这也是文章的点睛

长怀井

之笔。

贾谊写《过秦论》的目的是为了给汉文帝提供政治改革的借鉴，文章大量运用对比、排比、对偶、夸张等修辞手法，使论点有了很强的说服力。

《过秦论》语言壮美，处处有伏笔，层次分明，前后呼应，这种写作技巧得到了历代学者文人的推崇，许多人都从它别具一格的散文艺术中获得了有益的启示。

《吊屈原赋》与《鹏鸟赋》

赋是汉代文学的代表，是在楚辞基础上发展而成的一种文体。汉赋大致分两种，一种是直接模仿屈原《离骚》的骚体赋，一种是汉代新创的散体赋，散体赋日益发展，逐渐成为后来汉赋的主体。

26岁那年，贾谊因为小人在皇帝面前进了他的谗言，被贬为长沙王太傅，他怅然地离开了长安。在经过湘江的时候，贾谊想起了投江而死的爱国诗人屈原，从而联想到自己当前的处境，写下了《吊屈原赋》。《吊屈原赋》是汉初骚体赋的代表作，注重抒情，句末多用"兮"字，已经从诗的体裁中分化出来，是汉赋体形成初期具有代表性的作品。

后来，贾谊到了长沙，在他上任第三年的一天，有一只鹏鸟（猫头鹰）飞入他的住宅。长沙民间都把猫头鹰看成是一种不吉利的鸟，认为它所到的人家，主人不久将会死去。贾谊本来这一时期心情就很不好，又凑巧碰上这事，更是触景生情，觉得哀伤，便写下《鹏鸟赋》，假借与猫头鹰的问答，抒发自己怀才不遇的心情。

贾谊借鸟与主人之口议论道："灾祸是幸福依靠的地方，幸福中也总有灾祸藏伏。人的寿命死期迟早都由命定，鸟又怎么会知道它的时间呢？人活着好比是在行舟，死去就好像安然休息；因而有道德的人没有牵挂，性格乐观的人不知道忧愁；他们又怎么会为一点小事而产生疑惑呢！"

《鹏鸟赋》是汉代第一篇散体赋，它是楚辞与汉赋之间的一种过渡，它预示着一种新体赋的产生，为以后散体大赋的兴起奠定了基础。

《吊屈原赋》和《鹏鸟赋》是贾谊辞赋的两篇代表作。贾谊的辞赋上承楚辞、下启汉赋，对后世有着深远的影响。

汉赋形成的标志——《七发》

枚乘（？～前140）

枚乘（？～前140），字叔，西汉时期淮阴（江苏省清江市）人，著名的文学家。枚乘从小酷爱文学，以擅长写汉赋而知名。他只爱文学，不愿为官。当汉景帝要他入朝做官时，他以自己有病为理由推辞了，仍然回到梁王的府中做了一名文学侍从。

枚乘有赋9篇，现在流传下来的有3篇，包括《七发》、《柳赋》、《梁王菟园赋》。《七发》是一篇讽喻性的作品，是枚乘的代表作，也是汉赋形成的标志。枚乘作《七发》之后，许多人模仿了他的写作方式，甚至到了近代仍然有人模仿，可见其影响之深远。

枚乘从小就酷爱文学，他擅长写赋。他在当时梁王的府中做文学侍从，梁王的手下有很多学者都善辞赋，其中枚乘的造诣最高。

枚乘有赋9篇，现在流传下来的有3篇，包括《七发》、《柳赋》、《梁王菟园赋》。《七发》是一篇讽喻性的作品，赋中假设楚太子有病，吴客前去探望，通过他们的互相问答，构成七大段文字。吴客认为楚太子的病因在于生活过于安逸，享乐无度，不是一般的用药和针灸可以治愈的，应当从思想上进行治疗；于是分别描述音乐、饮食、乘车、游宴、田猎、观涛等六件事的乐趣，一步步诱导太子改变生活方式，来赶走疾病，可是这些劝说都没有奏效；最后，吴客请太子听有学问、有知识的人讲述天下精妙的大道理时，太子立刻振奋起来了，全身出了许多汗，最后病也好了。《七发》的主旨在于劝诫贵族子弟不要过分沉溺于安逸享乐，应当改变腐朽的生活方式，因为这种生活方式本身就是致病的根源，表达了作者对贵族集团的不满，所以这一主题是很有意义的。

《七发》最大的意义在于它标志着一种新的赋体的形成，在形式上，采用主人和客人问答的形式；在语言上，通篇是散文，但不着重于抒情，而是把大量的篇幅用于叙事，表现手法主要是铺陈和描写；在艺术特色上，语汇丰富，辞藻华美，富于气势。《七发》已经离开了骚体赋的形式，进入了散体赋的领域，它是标志着汉赋正式形成的第一篇作品，奠定了汉代辞赋的基本格局。

司马相如

司马相如（约前179～前118）

司马相如（约前179～前118），字长卿，蜀郡成都（今四川成都）人，西汉著名的辞赋家。从西汉武帝到成帝时期，是汉赋发展的全盛时期，在这一时期，名望最高、在赋史上占据领袖地位的作家就是司马相如。

司马相如的成就主要表现在辞赋上，他的辞赋有29篇，现今流传下来的有6篇，其中《子虚赋》、《上林赋》为其代表作，建立了汉代大赋的典型格局，为后代众多学者所模仿。

司马相如与卓文君

司马相如原名司马长卿，是四川成都人，后来因为仰慕战国时期的名士蔺相如的为人，改名司马相如。他很喜欢读书，也学过击剑，在文学方面也很有才华。汉景帝即位时，任命他做了"郎"，在朝中担任了一个小官。

"郎"的官俸不高，但是常常在皇帝身边办事，身份很特殊，而且只要有才干，极容易受到赏识。可是，景帝对于文学并不爱好，所以司马相如的文学才能得不到发挥，而且他还有个口吃的习惯，这一点对他服侍皇帝很不利，所以他做官并不得意。又因为他生性喜欢自由，可在朝中还要受到许多束缚，于是他便起了弃官的念头。

那时候诸侯王里，最有势力的是梁孝王刘武，许多学者都投奔到他的门下。司马相如跟他们谈得非常投机，因此也告病辞官，投入了梁王门下，过了五六年饮酒读书的闲适生活。后来忽然遭逢意外——梁孝王在一次出猎途中生了急病死了，他的许多门客都离开了王府，司马相如也只好回到家乡，过起了十分穷困的生活。

就在这时，他接到了临邛县令王吉的信，王吉是他的一个老朋友，信上说："我知道你现在很不顺利，如果你有时间，可以来看看我。"司马相如很高兴，接受了王吉的邀请，来到了临邛。

司马相如的文采在当时很有名，临邛的人一听说他来了，都想亲眼见见他。县里有个富翁，叫做卓王孙，家里很有钱，他早就听说司马相如的名字，于是就把他请到家里来做客。

这一天，司马相如在王吉的陪同下来到了卓家，席间免不了要作赋奏乐。司马相如得知卓王孙有个女儿叫做卓文君，生得很美丽，而且也很有才，于是

司马相如开了个酒铺

奏了一个曲子，表示了自己对她的爱慕之情。卓文君也早就听说过司马相如的才华，就躲在帘后偷听，也喜欢上了司马相如。

卓文君把自己的心思告诉了父亲，希望他能同意自己嫁给司马相如，没想到卓王孙听了大怒，对女儿说："司马相如是个穷光蛋，能有什么出息，你嫁了他就只有受苦，你告诉他，别让他做白日梦了！"

以后每当司马相如来见卓文君，都要受到卓王孙的痛骂，实在没办法，两个人只好在一个夜里偷偷地跑掉了。

他们的生活很贫困，后来卓文君把自己的头饰当了，两个人开了一家酒铺。司马相如穿上伙计的衣服，卷起袖子和裤腿，像酒保一样，又是擦桌椅，又是搬物件；卓文君也穿上粗布衣裙，忙里忙外，亲自招待来客。消息传到卓王孙的耳中，他气极了，可是没有办法，还是面子重要，只好送了一大笔钱给他们，让他们好好地生活。

《子虚赋》与《上林赋》

司马相如是著名的汉赋作家，《子虚赋》与《上林赋》是他的代表作。

两篇作品的内容是前后衔接的，主要描述了楚国的子虚先生和齐国的乌有先生，以及另一位天子的手下亡是公三人的对话。子虚说自己的国家物产丰富，乌有夸耀自己的国家疆域辽阔，亡是公极力夸耀天子游猎时的壮阔气派，压倒了他们，最后，文章提出应该在世间提倡节俭的作风。作品的中心主旨有两点：一是规劝世人要节俭，二是从另一方面赞扬了劳动人民创造的物质和文化的成果。

《子虚赋》和《上林赋》是司马相如融合了贾谊和枚乘等汉赋家的写作特点，又加上了自己的创新，建立起汉代大赋的典型格局：以绚丽的文采、铺陈相结合，以问答为主要的形式特色，以描写帝王宫殿的富丽、都城的繁华为主要内容，最后带有一些委婉规劝的成分。司马相如的文学创作活动，丰富了汉赋的题材和写作方法，后代的许多汉赋名家都是模仿了司马相如的这种文学体裁。

《史　记》

司马迁（约前 145 ~ ?）

司马迁（约前 145 ~ ?），字子长，西汉时期夏阳（今陕西韩城南）人，我国古代伟大的史学家、文学家、思想家。他在创作《史记》的过程中，由于得罪汉武帝，被处以宫刑，遭受了奇耻大辱。然而，突如其来的打击并没有使他一蹶不振，他以惊人的毅力完成了《史记》。

《史记》原名《太史公书》。全书 130 篇，52 万多字，叙述了从传说中的黄帝到汉武帝时期 3000 多年的历史，是我国历史上第一部内容完整、结构周密的纪传体通史。

《史记》以人物传记为主，吸收了编年、记事等体裁的长处，开创了纪传体这种新的编写史书的形式。《史记》不仅是一部伟大的历史巨著，同时也是一部伟大的文学著作。鲁迅先生称赞它是"史家之绝唱，无韵之离骚"，司马迁也因而被称为"正史之祖"。

精品文学书系

忍辱负重写《史记》

《史记》书影

司马迁的父亲司马谈是西汉武帝时期的太史令，是一个知识渊博的人，对于天文、历史、哲学都很有研究。他十分注重对司马迁的早期教育，教导他从小就博览群书，掌握有用的知识。司马迁大一些的时候，又跟随当时著名的儒家学者董仲舒学习《春秋》，还向另一位学者孔安国学习古文《尚书》，这一切都奠定了他的学问基础。20岁那年，他从长安出发，开始了广泛的漫游。他曾到达今天的湖南、江西、浙江、江苏、山东、河南等地，寻访了传说中大禹的遗迹和孔子、屈原、韩信等历史人物活动的旧址。这次漫游开拓了他的胸襟和眼界，使他接触到各个阶层各种人物的生活，并且搜集到许多历史人物的资料和传说。这一切，对他后来创作《史记》起了很大作用。

后来，司马谈身染重病，在他奄奄一息的时候，他紧紧握住儿子的手，对他说："我一直有个愿望，就是打算要写一部通史。可是看来我是无法实现这个愿望了，现在我把这个任务托付给你，你一定要完成我的心愿啊！"

司马谈死后，司马迁继承父亲的职位做了太史令。他积极地准备，孜孜不倦地阅读国家藏书，研究各种史料，打算开始创作《史记》。谁知就在这时，发生了一场巨大的灾难。

他因为替当时抗击匈奴的大将李陵说情而触怒了汉武帝，被处以宫刑（一种阉割生殖器的残酷肉刑）。

宫刑是一种令人比死还要难受的奇耻大辱。自从遭受宫刑以后，司马迁不但身体健康受到了严重的损害，而且精神也受到了很大的打击。他悲痛欲绝，有时竟产生了轻生的念头，但他又想到："人固有一死，或重于泰山，或轻于鸿毛。历史上一些有作为的人不都是经历过种种磨难吗？孔子被困在陈、蔡之间，忍饥挨饿，受尽了冷嘲热讽，终于著成了《春秋》而流传后世；屈原被放逐而写出了《离骚》；左丘明双目失明而作《国语》……这些都是不朽的著作。如果我死了，那么父亲临终时交给自己的任务就永远不会实现了，怎么能对得起他老人家？"

于是，司马迁下定了决心，他要为完成自己的不朽著作忍辱活下来，他要把自己的屈辱和愤恨，以及统治者的残忍和专横，都写进作品里。就这样，他没命地挥刀、拼命地刻写，只怕对不起父亲，只怕对不起那些过往的英雄豪杰，只怕没有人把他们的事迹写下来流传后世！他持刀的手指结了茧，茧破了流血，再结茧，再破，不知破了多少次，那简册也弄得血迹斑斑。然而，司马迁一刻都不懈怠，只是夜以继日地写他的《史记》。

就这样，司马迁化悲痛为力量，发愤著述，呕心沥血，整整经过了14个春秋，终于完成了《史记》这本伟大的著作。

第一部"正史"

《史记》原名《太史公书》，叙述了从传说中的黄帝到汉武帝时期3000多年的历史，是我国历史上第一部内容完整、结构周密的纪传体通史。

《史记》全书共一百三十篇，分为十二本纪、十表、八书、三十世家、七十列传。"本纪"记载的是历代最高统治者的政绩，"表"是各个历史时期的大事，"书"是有关天文、历法、经济、文化等方面的专史，"世家"是记述王侯贵族的历史，"列传"是记载历代有影响的人物的传记。《史记》开创了一种全新的体例，这五部分相互配合、相互补充，构成了完整的史书体系。

司马迁在《史记》里表现的史学思想很先进，他十分注重个人在历史上的作用，他的人物传记具有很高的文学价值。

《史记》在人物塑造方面具有很强的人民性和战斗性，表现在司马迁对封建统治阶级——特别是汉王朝的统治集团的黑暗，进行了有力的揭露和无情的讽刺。如在《项羽本纪》中批判了刘邦的怯懦和无能；在《留侯世家》中描述了刘邦的贪财好色；在《淮阴侯列传》中谴责了刘邦的忘恩负义、杀害功臣的罪恶行径。对于当朝的汉武帝的暴力统治，司马迁也进行了深刻的揭露。

《史记》热情赞扬了广大被压迫人民的反抗精神。在《陈涉世家》里，司马迁对陈胜和吴广的起义给予了充分的肯定，指出了农民起义的正义性，讴歌了他们推动历史前进的不朽功绩。在《项羽本纪》中，司马迁更是赞扬了项羽这个摧毁秦朝暴政的英雄人物。

司马迁开创的纪传性体裁逐渐成为我国封建社会史书书写的范例，《史记》也因而被尊为书籍创作中的"正史"。《史记》不仅是一部伟大的史学名著，而且也是一部优秀的文学作品。《史记》忠实地记录了历史的真相，并使后人从中吸取了无数的经验教训。司马迁的决心和毅力使无数的人物在历史中化为永恒，也使他自己永垂不朽。

《汉　书》

班固（32~92）

班固（32~92），字孟坚，东汉时期扶风安陵（今陕西咸阳）人，著名的辞赋家、史学家。

班固学习《史记》的体制，著成了《汉书》。《汉书》共100篇，叙述了自汉高祖元年至王莽地皇四年230年的历史，是我国历史上第一部断代体史书，对于大量历史资料的保存有着重要的作用。

班固还是一位辞赋家，他的作品很多，其中《两都赋》最为有名。

班固著书

班固年少时就很聪明，他很小的时候就会做文章。16岁那年，他进了洛阳的太学学习，由于他性情宽和，又很有礼貌，因此当时许多有名的人都很喜欢他。

东汉时期，由于受司马迁的《史记》的影响，许多人都想续写《史记》，想把西汉时期的历史记录完全。班固的父亲班彪是当时著名的学者，他也有这个想法，于是就开始了创作，可是他只写了65篇，还没有写完就去世了。

班彪死后，儿子班固继承了他的遗愿，他想：司马迁创作了《史记》，我为什么不能创作一部历史名著呢？我一定要像他那样，为后人留下一些历史资料。于是，他开始独立地编修史书。

没想到几年以后，有人向当时的皇帝汉明帝告了状，说班固私自篡改国家的历史。篡改历史在当时

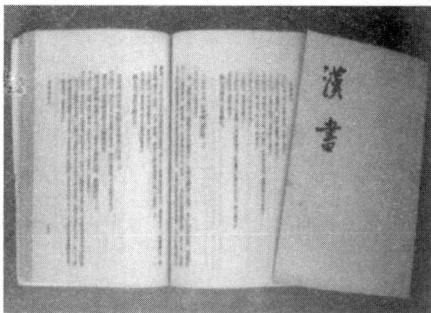

《汉书》书影

是一个大罪，汉明帝下令将班固逮捕，关进监狱里。

班固有个弟弟叫做班超，他多次上书汉明帝，替哥哥申辩，说班固是根据历史进行的创作，并没有篡改历史的意思，并且把班固的初稿献给了汉明帝，请他过目。汉明帝看了班固的稿子，觉得他确实没有恶意，而且认为他的稿子忠于史实，还很欣赏他的文采，于是命令将班固从监狱中放了出来，还在上朝的时候亲自召见了他。

汉明帝问他说："班固，你为什么要写《汉书》呢？"

班固毕恭毕敬地回答："自从高祖建立汉朝以来，发生了许多的事件，我想把这些事情都记录下来，想让后世了解我们汉代的历史。"

汉明帝听了很满意，对他说："我看你文笔很不错，这样吧，我封你为兰台史令，你就继续写你的《汉书》吧。"

于是，班固做了兰台史令，一年以后又升为典校秘书，一心一意地编写《汉书》。经过20多年的不懈努力，书稿基本完成了。可就在这时，他随大将军窦宪征讨匈奴，窦宪因为骄横而被治罪，班固也受了牵连，死在监狱里。《汉书》最后由他的妹妹班昭完成。

《汉书》中的名篇——《苏武传》

班固的《汉书》体例模仿《史记》，但有一定的变化，把"书"改为"志"，取消了"世家"，并入"列传"中。全书有纪十二篇，表八篇，志十篇，传七十篇，共一百篇，叙述了自汉高祖元年至王莽地皇四年230年的历史，是我国第一部纪传性的断代体史书。

《汉书》是一部具有较高成就的文学作品，它的语言受当时的辞赋和散文的影响，十分华丽，生动地勾勒出许多个性鲜明的人物形象，其中比较著名的有《朱买臣传》、《张禹传》等，最具代表性的是《苏武传》。

《苏武传》是可以同《史记》中的名篇相比较的一篇。苏武是西汉的大臣，汉武帝时期，他奉命出使匈奴，可是却被无理扣留。匈奴想尽了办法威逼他投降，可苏武心存祖国，威武不屈，并且一直保留着汉朝的节杖（使臣出使的凭证）。后来匈奴人命令他去往北海边牧羊，说要等公羊生仔才放他回汉。在被扣留匈奴19年的时间里，苏武历尽磨难，坚决不变节，后来终于被放回了汉朝。等他回国的时候，他的头发、胡子全都变白了，节杖上的毛也全都掉光了。苏武的忠义不屈的英勇事迹成为千古绝唱。

自从《汉书》问世以后，苏武的名字就反复出现在历代的诗词、散文、戏曲、小说中。苏武感天地、泣鬼神的爱国主义精神一直被后人所称道，这都是班固的功劳，是他塑造了苏武这个英雄人物的形象，使之流传千古。

乐府诗的兴起

乐府诗是由乐府机构搜集、保存，因而流传的。根据东汉历史学家班固所记载，汉武帝刘彻是最早建立乐府的人。乐府是掌管音乐的机构，它的具体任务是制定乐谱、搜集歌词和训练乐工。这个机构是相当庞大的，当时有 800 多人。他们把从民间搜集到的民歌进行配乐演唱，这些歌辞后来被统称为"乐府诗"、"乐府歌辞"，成为一种新诗体的名称。

南朝时期的徐陵收录了汉魏六朝至梁代的诗歌，编成了《玉台新咏》，这是南北朝时期的诗歌总集，共有 769 首乐府诗，其中保存了许多汉代的乐府民歌，有许多是反映真挚的爱情和妇女痛苦的现实主义作品。

宋朝的郭茂倩也将自汉代到唐代的乐府诗搜集起来，编了一部《乐府诗集》，这是古代收集乐府诗最为完备的诗歌总集。这些作品共分为十二类，其中有三类包括汉代的民歌，它们的思想性和艺术性都很高。

乐府诗的产生

两汉时期，民间的乐歌十分流行，甚至连皇宫贵族们也很喜欢。于是，在汉武帝时期，专门设立了一个搜集歌辞、训练乐工、制定乐谱的机构，它被称做"乐府"。乐府是音乐管理机关，"乐"是指音乐，"府"是指官府，这就是"乐府"的最初意义。

这些搜集来的歌辞大多是民歌，也有少数是下层人士所作，乐府中的工作人员把它们加工整理，并配上乐曲，然后演唱给皇帝和贵族听。

后来，人们把这些被采集保留下来的汉代民歌称作"乐府诗"。许多后世的文人模仿这种民间歌谣的形式进行诗歌创作。这种诗歌形式是一种极富音乐性的新诗体。

但是，在后来的漫长的历史时期中，不论是西汉民歌，还是东汉民歌，许多都失传了，现存的仅有 40 首左右。

乐府民歌是劳动人民的作品，它们真实地反映了当时的社会现实，像一面镜子一样照出了汉代人民的痛苦生活，也照出了当时不公平、不合理的社会现象，并且深刻地反映了人民的思想感情。

乐府双璧之一 ——《孔雀东南飞》

《孔雀东南飞》原题为《古诗为焦仲卿妻作》，最早出自南朝徐陵的

《玉台新咏》，宋代郭茂倩的《乐府诗集》将它收入《杂曲歌辞》，题为《焦仲卿妻》。由于年代久远，已经没法知道作者是谁了。

《孔雀东南飞》是汉代乐府民歌发展的高峰，这是一首五言体的长篇叙事诗，全诗340句，1700字，是我国古代民间叙事诗中的光辉篇章。

固执的焦母并不喜欢刘兰芝

故事讲的是东汉建安年间，美丽、聪明而又勤劳的刘兰芝和庐江小吏焦仲卿真诚相爱，他们的感情很好。兰芝知书达理，很有教养，在焦家任劳任怨，可是却得不到顽固的婆婆焦母的欢心，她处处刁难兰芝，逼着儿子仲卿休掉妻子。

仲卿性格比较柔弱，他很爱兰芝，但是迫于母亲的压力，只好听从母亲的摆布。兰芝是个性格坚强的人，她知道了婆婆要驱逐她的意图之后，就自己提出了要回家的请求。临走时，她故意打扮得整整齐齐，不在婆婆面前掉一滴眼泪。就这样，夫妻只好分开了，但是，他们暗暗约定，想要过一段时间再生活在一起。

可是没想到兰芝回到娘家，慕名求婚者接踵而来，先是县令替儿子求婚，后来太守也派人来说媒。兰芝因为与仲卿已经有了约定，所以断然拒绝了。可是她的哥哥贪慕富贵，硬逼着妹妹答应，兰芝不得已答应了太守家的婚事。仲卿听说后赶来与兰芝相会，夫妻约定"在天愿作比翼鸟，在地愿为连理枝"。于是在兰芝出嫁的当天，她投河而死，仲卿也上吊自杀，两个人双双命赴黄泉。

他们死后，两家人要求合葬，他们的坟墓被松柏和梧桐覆盖，他们也化作鸳鸯在水中结伴而游。两个人忠贞不渝的爱情，成了千古绝唱。

《孔雀东南飞》通过对焦仲卿、刘兰芝婚姻悲剧的描写有力地批判了封建礼教和家长制的罪恶，热情地歌颂了他们的爱情以及反抗恶势力的斗争精神。

《孔雀东南飞》结构完整，语言生动，富有深刻的教育意义和现实意义，是我国诗歌史上不朽的名篇。《孔雀东南飞》与后代的《木兰辞》代表了乐府诗的最高成就，被称为"乐府双璧"。

《论　衡》

王充（27～约97）

　　王充（27～约97），字仲任，会稽上虞（今浙江上虞）人，是东汉杰出的唯物主义思想家、文学家。他的著作《论衡》是一部哲学名著，他在书中提出了"无神论"的思想。《论衡》也是我国思想史、文学批判史上一部重要的著作。

　　王充主张文章要实用，要重视社会效果，要有一定的教育意义；作品也要用通俗易懂的语言；还提出文章贵在创新，反对一味地模仿和因袭前人。他的主张对于促进文学的发展具有重要的意义。

王充书铺读书

　　王充小的时候，家里很穷，在他10多岁的时候，父亲又去世了，家里的生活就更困难了，但是王充是个很有志气的人，他立下了志愿，将来一定要学有所成。于是他利用一切机会努力地读书，后来他取得了十分优异的成绩，获得了乡里的保送，来到了洛阳，进入当时全国最高的学府——太学。太学就相当于现在的大学，王充成了一名大学生。

　　太学里有很多藏书，王充特别高兴，他整天埋头苦读，恨不得一天就把所有的书全看完，用知识丰富自己的头脑。于是没过多久，太学里的书就全看完了，到哪里才能读到更多的书呢？王充想到集市上的书铺里有许多书，要是能买来该有多好啊。可是，王充很穷，哪有钱买呢？他觉得很为难，忽然，他想，我可以把书铺当书房，在里面读书啊！打定了主意之后，他便常到书铺去读书，饿了吃点干粮，有时还通过帮人家干零活儿来换取免费读书的机会，常常一直读到书店关门。就这样，他几乎读遍了洛阳城的所有书铺，积累了丰富的知识，终于成为当时有名的大学者。

王充的无神论思想

王充生活的东汉初期，占卜和鬼神之说非常盛行，人们的迷信思想很严重，甚至在朝廷中，这种风气也很盛行。面对这种情况，博学多识的老臣桓谭曾上书光武帝刘秀说："占卜和鬼神图谶是惑众妖术，皇帝迷信妖术，就会耽误国家大事，您应当下令取缔！"刘秀听后很不高兴。后来，刘秀要建一座天文台，与朝臣们商量建造地点。刘秀问桓谭说："天文台的地点，我打算用占卜术来决定，你看怎么样？"桓谭想了半天才说："老臣愚昧，从来不讲究占卜。"接着，桓谭就说占卜是一种荒诞的事情，根本就是迷信。刘秀听了勃然大怒，命令把他杀头。桓谭叩头求饶，把头都磕破了，刘秀才免了他的死罪，贬他去做地方官。桓谭忧郁成疾，还未到任就死在半路上。

从此，朝廷上再也没人敢公开指责迷信活动了。那些权贵及著名学者们为了迎合皇帝，张口闭口都谈论占卜，弄得思想领域里乌烟瘴气。

但王充十分敬重桓谭，他从来都不迷信。在晚年的时候，他开始写书。《论衡》是王充的代表作，是一部哲学名著，共30卷，85篇，有20多万字，以唯物主义的自然观，着力批判了当时盛行的迷信思想和天地万物由天主宰的谬论。

王充在书中提出了无神论的思想，他说，人死了，精神也随之消失，形体化为灰土，不会变成鬼，世界上根本就没有鬼神存在。他还指出，四季的更替，打雷下雨，日食月食，都是自然现象，并不是上天的有意安排。

当时迷信思想认为，人死了，就会变成鬼，有意识，能害人。而《论衡》里认为精神和肉体是相互依存的，人死了，精气就散了，形体腐朽，变成了灰土，怎么会成为鬼呢？

《论衡》是一部宣传无神论的光辉巨著，王充积极的战斗精神也为后来的唯物论者树立了榜样。

三国两晋南北朝时期

这一时期的诗歌和辞赋继续发展。"三曹"、建安七子、竹林七贤在文坛中形成了"建安风骨"和"魏晋风度",他们的作品都具有很高的文学造诣。陶渊明被尊为"田园诗之父",他的"田园诗"主要描写农村生活、田园风光和淳朴的风俗人情,在我国的文学史上占有重要的地位。他的辞赋和散文也有极高的成就,《桃花源记》是他的名篇。《木兰辞》是我国历史上流传最广、影响最深的一首民间叙事诗,它与《孔雀东南飞》合称为"乐府双璧",代表了乐府诗的最高成就。

曹 操

曹操（155～220）

曹操（155～220），字孟德，小字阿瞒，沛国谯（今安徽亳州）人，三国时期杰出的政治家、军事家和文学家。他在东汉末年的征战中，逐渐统一了北方，被封为魏王，并被追封为魏武帝。

曹操善于写诗，他的诗作抒发了自己的政治抱负，并反映了汉末人民的苦难生活，主要作品有《魏武帝集》，其中《蒿里行》、《观沧海》、《龟虽寿》、《短歌行》等是其中的名篇。他的散文也很清丽、整洁，开创了散文的新风，被称为"改造文章的祖师"。

开创诗歌的新风尚

曹操十分爱好文学，甚至在军中马上也手不释卷。他的文学成就主要是诗歌，其次是散文。他的诗歌继承了汉乐府民歌的形式，但是并不是简单地沿袭，而是充实了新的现实主义内容，他用自己富有创造性的笔法，开创了文学的新风尚。

曹操很喜欢汉代的乐府歌辞，他的诗歌现存的有22首，都是乐府歌辞。他是中国文学史上第一个运用五言乐府诗的形式来反映社会现实的诗人。

曹操的一部分诗描写了东汉末年社会动乱的现实，描述了当时的军阀为了争夺地盘和利益，彼此之间不断地打仗，却给老百姓带来了深重的灾难。在《蒿里行》中，他写道："白骨露于野，千里无鸡鸣。生民百遗一，念之断人肠。"意思是说："森森的白骨遍布在地上，方圆广阔的地方也听不到鸡的叫声。老百姓们大都在战乱中死去了，悲惨的景象让人伤心断肠。"全诗描绘了乱世的惨相，蕴涵了曹操悲凉的心境，表达了他对人民疾苦的同情。

曹操还是一个雄心勃勃的政治家，他的另一部分诗表现了要统一天下的愿望和建立功业的理想。如他在《龟虽寿》一篇中，抒发了壮阔的情怀："老骥伏枥，志在千里；烈士暮年，壮心不已。"表现了曹操老当益壮的英雄气概。

《短歌行》是曹操的又一篇代表作。"对酒当歌，人生几何？譬如朝露，去日苦多。"这是对短暂人生的慨叹，然而，在慨叹之后，他想到的是功业还没有建立，必须继续奋发，广招贤才，辅佐自己平定天下，最后的"山不厌高，海不厌深，周公吐哺，天下归心"表现了他高远的思想境界和统一全国的坚定信心。

曹操的诗具有鲜明的时代气息和个人风格，诗的语言质朴豪迈，风格独特，表现出一种壮阔雄伟的特征，催人向上。

曹操的散文

两汉时期，辞赋十分盛行，散文的形式受到辞赋创作的影响，很讲究遵循固定的格式和框架，比较僵化。曹操的散文改变了这种情况，打破了死气沉沉的局面，开创了散文发展的新风尚。

在曹操的《让县自明本志令》中，他用简朴的文笔把他想要统一全国的愿望倾吐出来，具有宏伟的气魄。文中还写道："设使国家无有孤，不知当几人称帝，几人称王。"意思是说，如果国家没有了我，不知天下要有多少人称王称帝呢，表现出当仁不让的豪气。

曹操的散文十分洒脱，风格自由，无所顾忌，是他思想的真实体现。这种通脱的散文风格，表现了建安文学的新风貌，对后世散文的发展有重要的影响。

曹植

曹植（192～232）

曹植（192～233），字子建，是曹操的第四个儿子，被封为陈王。曹操死后，曹植的哥哥曹丕即位，对他百般排斥。曹植最后郁闷而终，年仅41岁。

曹植很有文才，从小就善于作诗。他的文章内容深刻，形象生动，成为当时诗界的最高典范。后人因他文学上的造诣而将他与曹操、曹丕合称为"三曹"。他的作品有《曹子建集》，代表作有《野田黄雀行》、《七步诗》、《洛神赋》等，都是流传千古的名篇。

七步作诗

东汉末年，曹操盘踞在北方，一心想建立自己的曹魏政权。曹植是曹操的第四个儿子，才华出众，很有机会登上王位。

曹植很小的时候就才华过人，10岁时就会诵读诗文，并且能出口成章。有一次，曹操出了一个题目让儿子们作诗，曹植第一个做了出来，辞藻华丽，文章优美，曹操看了十分满意。曹操认为他最有才华，好几次都想把他立做太子。可是曹植性格豪放，不拘小节，多次触犯了法令，引起了曹操的震怒。后来曹植的哥哥曹丕登上了王位，为了巩固自己的地位，曹丕对兄弟们加以迫害，尤其对曹植存有很大的戒心。

有一天，曹丕把曹植叫去，对他说："当年父亲说你才高八斗，总是夸奖你有文才，现在我命令你在七步之内作一首诗，如果你能作出来，我就放了你；如果你作不出来，哼，你就是犯了欺君之罪，不要怪我不客气！"

曹植心里很明白，他知道这是哥哥在为难自己，但是曹植才智过人，没走完七步就作出了一首，题为《七步诗》：

煮豆燃豆萁，

豆在釜中泣。

本是同根生，

相煎何太急。

　　这首诗的意思是说用豆秆做燃料来煮豆子，豆子在锅里伤心地哭，它对豆秆说："我们本来是一起长大的，你为什么要那么着急将我煮熟呢？"曹植借这首诗来劝曹丕不要忘了手足之情。曹丕听后很惭愧，只好放了曹植。

曹植的文学业绩

　　曹植是古代著名的才子，有很高的文学成就，他在诗、赋、散文等方面都有所成。他很喜欢乐府的民歌，他的诗歌以五言诗为主，大都用的是乐府的旧题，但是他的诗作中加进了许多抒情的内容，有自己鲜明的个性。在他的40多篇抒情小赋中，最著名的就是《洛神赋》，描绘了想象中的洛神美丽婀娜的形象和神采，表达了对人生理想的追求，是闪烁着艺术才华

《洛神赋》

的名作。

曹植的诗作分为两个阶段。他生于安定的环境中，很有建功立业的雄心，他前期的诗歌也表现了这种理想。比较有代表性的就是《白马篇》，它塑造了一个武艺高强、渴望立功报国的爱国英雄的形象。

然而哥哥曹丕当上了皇帝后，对他进行了迫害和压制，曹植满腔为国的心愿不能实现，他用激愤的语言，在作品中描述了自己的境况和现实，《赠白马王彪》一诗就反映了这种心态。全诗一方面描写了曹植惨遭迫害的经历，抒发了诗人与白马王彪分离的骨肉之情；另一方面反映了统治阶级内部争权夺利的残酷斗争，具有很高的思想性。《野田黄雀行》写的是一个少年拔剑救黄雀的故事，塑造了一个解救受难者的少年侠士的形象，寄托了诗人的理想与反抗精神。

曹植的诗作明显地改变了中国古典诗歌的面貌，是建安文学的突出代表，被称为"建安之杰"。

建安七子

建安七子是建安年间（196～220）七位文学家的合称。他们是建安文学中颇有代表性的七位文人：孔融、陈琳、王粲、徐干、阮瑀、应玚和刘桢。最早提出"七子"之说的是曹丕。"建安七子"是除了"三曹"以外的优秀文学家，"七子"之说得到了后世的普遍承认。建安七子在文学创作上形成了建安风骨，留下了许多名篇。

七子以写五言诗为主。五言诗是直到东汉后期才兴盛起来的新诗体，桓灵之时"古诗"的出现，标志着五言诗艺术上更臻于精美。如徐干的《室思》就比同一题材的《青青河畔草》或《冉冉孤生竹》写得细腻深厚。而陈琳《饮马长城窟行》、阮瑀《驾出北郭门行》等都作于汉末战乱发生之前，其写作时间不一定比"古诗"晚，它们在五言诗发展史上的重要性就更加值得重视。

"七子"写了大量的小赋，他们在张衡、蔡邕等已经取得的成就基础上，为小赋的进一步繁荣作出了贡献。"七子"的小赋有三点值得注意：一、取材范围更加扩大，题材的普通化、日常化，进一步冲淡了过去大赋的贵族性质；二、反映社会现实的功能更趋加强，直接描写政治事件的作品有所增多；三、抒情色彩愈益浓厚。对于"七子"的赋，曹丕在《典论·论文》中曾给予了相当高的评价，刘勰在《文心雕龙·诠赋》中也表示了同样的意见，还特别认为王粲、徐干二人是曹魏一代的"赋首"，说他们可与宋玉、司马相如、左思、潘岳等并列。

孔融的章表，陈琳、阮瑀的书记，徐干、王粲的论说文，在当时都独树一帜。它们的共同优点就是曹丕所说的"文以气为主"（《典论·论文》），贯注了作者独特的气质。"七子"散文名篇有孔融的《荐祢衡疏》、陈琳的《为袁绍檄豫州文》、阮瑀的《为曹公作书与孙权》、王粲的《务本论》等。"七子"散文在形式上有逐步骈化的趋向，尤以孔融、陈琳比较显著。他们的一些作品对偶整齐，又多用典故，成为从汉末到西晋散文骈化过程中的一个不能忽略的环节。

七子中文学成就最高的是王粲。他的《七哀诗》和《登楼赋》最能代表建安文学的精神。《七哀诗》之一的《西京乱无象》描述了他由长安避乱荆州时途中所见饥妇弃子场面，深刻揭示汉末军阀混战造成的惨相及人民的深重灾难，使人触目惊心。《登楼赋》是他在荆州时登麦城城头所作，主要抒发思乡之情和怀才不遇的愁恨，富于感人力量，是抒情小赋的名篇。

建安七子

蔡文姬

蔡琰（生卒年不详）

蔡琰（生卒年不详），字文姬，陈留圉（今河南杞县）人，东汉末年著名的女诗人。她的父亲蔡邕是曹操的好朋友，蔡文姬在汉末董卓之乱时被俘虏到南匈奴，流落在匈奴十二年，后来被曹操赎回。

蔡文姬博学多才，又通音律，是当时著名的琴师，在历史、音乐、书法、文学上具有多方面的成就，其中影响最深远的是骚体诗《胡笳十八拍》，还有著名的五言诗《悲愤诗》。

文姬归汉

蔡邕是东汉末年著名的文学家，早年因为得罪了宦官，被流放到内蒙古一带。董卓掌权的时候，蔡邕已经回到了洛阳。那时候，董卓正想笼络人心，他听说蔡邕名气大，就把他请来，封他做官，对他十分敬重。

后来董卓被杀，蔡邕想起董卓待他不错，叹了口气。没想到被人看做是董卓一伙，给抓了起来，最后死在监狱里。

蔡邕的女儿名叫蔡文姬，跟她父亲一样，也是个博学多才的人。可是蔡文姬一生很不幸，经历十分坎坷。她16岁时就结了婚，但不久父母、丈夫就相继去世了，只剩她一个人过着孤苦伶仃的生活。后来关中地区又发生混战，长安一带的百姓到处逃难，蔡文姬也跟着难民到处流亡。那时候，北方的匈奴兵趁火打劫，南下掳掠百姓，蔡文姬碰上了匈奴兵，被他们抢走了。匈奴兵见她年轻貌美，就把她献给了匈奴的左贤王。

从这以后，蔡文姬就成了左贤王的夫人，在南匈奴一住就是12年，还生了两个儿子。她虽然过惯了匈奴的生活，但还是十分想念故国。

后来曹操执掌了北方的政权，和南匈奴的关系和好了。一天，曹操突然想起了他的老朋友蔡邕的女儿蔡文姬还留在南匈奴，就命令使臣带上黄金千两和一对白璧到了南匈奴，把蔡文姬接了回来。左贤王收下了曹操的礼物，答应了他的请求，可是把蔡文姬生的两个儿子留了下来。

匈奴部落的生活场景

曹操知道蔡文姬有许多书稿，就问她："听说夫人家有不少书籍文稿，现在还保存着吗？"蔡文姬感慨地说："我父亲生前给了我4000多卷书，但是经过大乱，散失得一卷都没留下来。不过我还能背出400多篇。"

曹操听了赶忙说："我想派几个人到夫人家，让他们把你背出来的文章记下，你看怎样？"蔡文姬回答道："用不着。只要大王赏我一些纸笔，我回家就把它写下来。"后来，蔡文姬果然把她记住的几百篇文章都默写下来，送给曹操。曹操看了，十分满意。

曹操把蔡文姬接回来，在为保存古代文化方面做了一件好事。历史上把"文姬归汉"传为美谈。

《胡笳十八拍》

蔡文姬是个不幸的人，她的经历十分坎坷。当初她来到匈奴的时候，常常思念祖国和故土。曹操把她接回来后，她又日夜思念在匈奴生下的儿子。在睡梦中，她常常梦到活泼可爱的儿子，醒来的时候，眼泪常常沾湿了枕巾。在这种矛盾的心情下，她创作了哀怨惆怅、令人断肠的琴曲《胡笳十八拍》。

胡笳是匈奴人一种用来吹奏的乐器。《胡笳十八拍》是蔡文姬的一首骚体诗，反映了她一生的悲惨经历。诗中写到自己被匈奴掳去，生育了两个儿子，后来离开儿子回到祖国，重新回到长安。诗中带有强烈的主观抒情色彩，处处表现出蔡文姬爱憎鲜明的感情。

南匈奴人在蔡文姬离去后，常常在月明之夜卷芦叶而吹笳，发出哀怨的声音，模仿蔡文姬的《胡笳十八拍》，成为当地经久不衰的曲调。中原人士也以胡琴和古筝来弹奏《胡笳十八拍》，使这首曲子盛行起来。

《胡笳十八拍》的艺术价值很高，这首饱含感情的诗篇采用民间歌谣的形式，吸取了匈奴地区流行的胡笳声律，感情奔放，想象大胆，形式新颖，令人耳目一新，是我国古代文学中独树一帜的瑰宝。

竹林七贤

竹林七贤指的是魏晋时期七位有名的文士，他们成名的年代比建安七子要晚一些。这七位文士包括嵇康、阮籍、山涛、向秀、阮咸、刘伶和王戎。

竹林七贤

他们生活的时期，正是统治阶级内部为了争夺政权而相互残杀的时期。而这七位文士崇尚清谈、飘逸的风气，崇尚道家自然、不问世事的观念。他们常常以嵇康居住的山阳为中心，在太行山南面的竹林中聚会，饮酒，弹琴，赋诗，抨击时政的弊端，形成了与当时的黑暗社会格格不入的"魏晋风度"。在"七贤"中，文学成就最高的是嵇康和阮籍。

嵇康在这七个人当中，是性格最偏激的一个。他向来我行我素，从不在乎世人的议论。他的社会地位和名望都很高，但是却一点儿也不顾及自己的形象，留着很长的头发和胡子，衣冠不整，以这种放浪不羁的态度，同当时提倡的所谓"名教、礼法"相对抗。

嵇康鄙视势利小人，从不高攀做大官的人。当时的统治者司马昭的心腹钟会想结交嵇康，受到他的冷遇和排斥，从此结下仇怨。后来"七贤"发生了分裂变化：王戎和山涛走出山林，当上了朝廷的大官，染上了世俗之气。山涛知道嵇康很有才华，就写信给嵇康，想请嵇康出山做官。

嵇康当夜写了一封书信，表明了他不接受山涛的邀请，不同当朝的司马昭合作的强硬态度，这就是有名的《与山巨源绝交书》。

没想到这封信被钟会看到了，他对司马昭说："嵇康这人是条了不起的卧龙，可不能让他飞起来，要早点铲除这个心腹大患啊！"这番话恰恰合了司马昭的心意，于是他当即下令，逮捕嵇康，判处他死刑。

嵇康在狱中悲愤万分，他回顾自己的人生道路，写下了长篇的《幽愤诗》，表达自己内心中的郁闷和悲愤。《幽愤诗》是嵇康的绝笔和代表作，也是中国诗歌史上四言诗的最后一篇佳作。后人的四言诗，没有一个能超过它的。

左 思

左思（约 250 ~ 约 305）

左思（约 250 ~ 约 305），字太冲，西晋时期临淄人。左思的诗赋在当时很有名，他的《三都赋》是历代辞赋中的名篇。后人辑其作为《左太冲集》，他的诗现在流传下来的有十四首，其中《咏史》八首最为著名。《咏史》诗风格雄迈，语言精到，形象鲜明，被后人称为"左思风力"，认为他是西晋作家中成就最高的一位。他的写作风格对后来的晋代、唐代的许多诗人都产生过重要的影响。

左思小的时候，脑子比较迟钝，父亲教他写字，他总是写得歪歪扭扭，不像样子；教他弹琴，他怎么学也弹不出一支像样的曲子来。左思的父亲很生气，指着他对朋友说："我这个儿子学什么都学不成，恐怕长大了不会有什么出息。"左思听了很难过。从此下定决心，刻苦读书，终于取得了很高的成就。

西晋统一后，三国时期的都城成都、建业、洛阳都出现了前所未有的繁荣景象。左思下定了决心，想要以赋的文体写一篇描写这三个都城的文章。

为了创造出优美的文句，左思付出了很大的努力，他广泛地收集各种资料，还借着妹妹左芬被选入宫的机会，把家搬到了洛阳，同时还耐心地请教别人，请他们介绍蜀国和吴国的情况。

有一次，他在上厕所，脑子里忽然想出了一句描写成都的句子，可是在厕所里不能马上把它写出来，等到他方便完了，却怎么也想不起那个句子来了，左思十分懊悔。从此，他在屋子、庭院、厕所等处的墙上，都挂了纸笔。不管走到哪里，只要想出了好词句，就随手写在挂着的纸上。

当时西晋有名的大文学家陆机听说左思准备写《三都赋》，就嘲笑他不自量力。但左思不怕嘲笑，下定决心努力，他总共花了十年的时间，终于写成了《三都赋》。左思带着《三都赋》的文稿，去拜访当时的另一位名人皇甫谧，希望皇甫谧可以给他举荐一下。

皇甫谧看了《三都赋》的文稿，连声称赞，并答应亲自给《三都赋》写篇序文，又请了当时有名的诗人张载给《魏都》作注，刘逵给《吴都》、《蜀都》作注。而当年曾嘲笑左思的陆机，读了《三都赋》后也大吃一惊，他原来想写洛阳赋，现在也不敢动笔了。

《三都赋》写的是魏、蜀、吴三国的都城洛阳、成都、建业。一开始，蜀国的公子向吴国的王孙夸耀成都的山清水秀和草木的繁盛；吴国王孙不以为然，说建业有许多文化名人，比成都要好得多；而魏国的先生也不甘示弱，描述了洛阳的地理形势和丰富的物产，最后蜀国的公子和吴国的王孙都不得不承认洛阳最好了。

《三都赋》不过万余字，左思却整整用了十年的时间，全靠他的辛勤和努力。左思创作《三都赋》的态度是十分认真的，以前有很多文学家描写过都城，但是他们常常把都城描写得富丽堂皇，十分夸张，失去了可信度。而左思很注重内容的真实性，他在讲究文辞优美的同时，更注重按照真实的情况来描写，很少有虚构的成分。

随着《三都赋》的名声越来越响，人们开始争相传阅。京城里的达官显贵、文人名士、富豪贵族，甚至是闺中的少女，都争着到纸店里买纸来抄写阅读。那一阵子，纸店的门口常常排起长队，相互一打听，都是买纸来抄《三都赋》的。卖纸的商人们一看纸卖得飞快，供不应求，就多次抬高纸的价格，这就是"洛阳纸贵"的故事。

《汉宫图》

陶渊明

陶渊明（约365~427）

陶渊明（约365~427），字元亮，又名潜，号五柳先生，浔阳柴桑（今江西九江西南）人，东晋末年著名诗人、辞赋家、散文家。他受玄学思想的影响，性格闲静，不贪慕荣华富贵，闲居乡里多年。他在29岁时当了官，在以后的十多年间，他看透了官场的虚伪和政治的黑暗，于是时而做官时而归隐，保持纯真质朴的本性。41岁时，他因为家里贫穷，当了彭泽县令，后人便称他为"陶彭泽"。可他不久又借故辞官，归隐乡间，过起了无忧无虑的田园生活。

陶渊明的散文和辞赋很有成就，他的田园诗在中国文学史上有着重要的地位，主要描写农村生活、田园风光和淳朴的风俗人情，《桃花源记》是其中的名篇。陶渊明的高洁孤傲的品格和诗意化的生活情趣，对后世文人产生了多方面的影响，他也被尊为"田园诗之父"。

不为五斗米折腰

东晋末年，朝政很腐败，社会动荡不安。在一个已经衰落的官僚之家里，出了一个有名的诗人，名叫陶渊明，他的曾祖父陶侃做过大司马，外祖父孟嘉做过长史，都是很有名的大官。到了陶渊明这一代，家境已经衰落了。他在29岁的时候才开始当官，他做过江州祭酒，后来又断断续续地做过僚佐、参军等官职。他逐渐看透了官场当中的黑暗，由于他不贪慕荣华富贵，所以他不愿意同那些低俗的小人一起同流合污，就回到家乡隐居起来。

陶渊明从小喜欢读书，家里穷得常常揭不开锅，但他还是照样读书作诗，自得其乐。他的家门前有五株柳树，于是他就给自己起了个别号，叫"五柳先生"。

渊明醉归图

由于陶渊明的祖上并没有给他留下什么家产，而且他也不善于理财，于是家里越过越穷，靠自己耕种田地，也养不活一家老少。亲戚朋友就劝他："你有一肚子的才华，而且还有那么好的名声，还不如出去谋个一官半职，有一点薪水，这样家人也就不会挨饿了。"陶渊明没有办法，只好答应了。

他到当地官府那里求职，大家都知道陶渊明是名将的后代，又极富文采，就说："陶先生满腹经纶，就辅佐镇江将军刘裕，做个参军吧。"陶渊明同意了。

但是过不了多少日子，陶渊明就看出当时的官员为了争权夺利，互相倾轧，心里很厌烦，又要求出去做个地方官。上司答应了，把他派到彭泽当县令。

当时做个县令，官俸是不高的。陶渊明一不会搜刮，二不懂贪污，日子过得并不富裕，但是比起他在柴桑家里过的穷日子，当然要好一些。再说，他觉得留在一个小县城里，没有什么官场应酬，也还比较自在。

可是有一天，郡里派了一名督邮到彭泽视察。县里的小吏听到这个消息，连忙向陶渊明报告。陶渊明正在他的内室里捻着胡子吟诗，一听督邮来了，十分扫兴，只好勉强放下诗卷，准备跟小吏一起去见督邮。

小吏一看他身上穿的是便服，吃惊地说："督邮来了，应该讲究礼节，您应当换上官服，束上带子去拜见才好，怎么能穿着便服去呢？"

陶渊明向来看不惯那些依官仗势、作威作福的督邮，一听小吏说还要穿起官服行拜见礼，更受不了这种屈辱。他说："我可不愿为了这五斗米的官俸，去向那号小人打躬作揖（原文是'不为五斗米折腰'）！"

说着，他也不去见督邮，索性把身上的印绶解下来，交给了小吏，辞职不干了。

陶渊明的田园诗作

陶渊明辞职后，回到了庐山脚下的老家，过起了无忧无虑的田园生活。不久他作了一篇《归去来辞》。在这篇赋中，他写到自己做官是因为贫穷，不能养活家中的老小，现在辞了官，是因为本性使自己这样做的，表达了不愿意与社会同流合污的决心和离开官场回归自然的欣喜心情。

在辞官之后的最初三年里，陶渊明耕田、爬山、喝酒、作诗，生活得十分惬意。

可在他44岁那年，一场大火将他的家焚毁一空，从此，他的家境更加贫穷，生活得十分艰难。但就在这样恶劣的条件下，他仍然拒绝了朝廷征召的要求，躲避政治和官场，直到去世。

陶渊明是一位真正的隐士，他活了63岁，有50多年是在乡间度过的，享受着身心自在的隐居生活。他写下了许多动人的诗歌，现存的有120多首，其中《归园田居》诗和《饮酒》诗是他的代表作。

在《归园田居》诗五首中，陶渊明写道：

> 少无适俗韵，性本爱丘山。
> 误落尘网中，一去三十年。
> 羁鸟恋旧林，池鱼思故渊。
> 开荒南野际，守拙归园田。

他描述了自己本来是个爱清静、爱自由的人，可是却误入官场13年，看透了政治的腐败和混乱。他用"羁鸟"和"池鱼"来自比，说自己置身官场，却无时不想念着"旧林"和"故渊"的自由天地，回到了乡间，日夜梦想的田园景物才又出现在自己的面前：

> 方宅十余亩，草屋八九间。
> 榆柳荫后檐，桃李罗堂前。
> 暧暧远人村，依依墟里烟。
> 狗吠深巷中，鸡鸣桑树颠。
> 户庭无尘杂，虚室有余闲。
> 久在樊笼里，复得返自然！

他好像是又重新开始了一种新的生活。断绝了官场上的应酬，过上了自己向往已久的田园生活，"久在樊笼里，复得返自然！"字里行间洋溢着欢欣、喜悦的心情。他身在田园，心在田园，种桑麻就说桑麻，眼前和心里流动的都是自然和谐的田园风光，没有其他的杂念。他还描写了乡间生活的真实场面：

> 种豆南山下，草盛豆苗稀。
> 晨兴理荒秽，带月荷锄归。

在种豆锄草的过程中，虽然身体很劳累，可是也觉得充实愉快，"晨兴理荒秽，带月荷锄归"一句给农家披星戴月的劳动生活增加了无限的诗意。

陶渊明的田园诗是对自己真情实感的抒发，是从胸中自然流露出来的，所以情景交融，具有很高的艺术色彩，是真、善、美相统一的杰出作品。

陶渊明是被广大人民理解和热爱的伟大诗人，他的作品对后世的田园诗作产生了重大的影响，后人把他誉为"田园诗之父"。

《桃花源记》

陶渊明还写过一篇非常有名的文章，叫做《桃花源记》。在这篇文章里，他写了武陵地方的一个渔人，有一次沿着小溪划船打鱼，来到了一座繁花似锦、芳草鲜嫩的桃树林。

渔人被眼前的景色吸引住了，划着船再往前走，到了树林尽头，发现了一个小洞。他丢了船，顺着洞口摸进去，开始很狭窄，走了一段，眼前就忽然开阔起来了，原来洞里有一个很大的村子，那里土地肥沃，桑木成行，男女老幼，来来往往，辛勤劳动，过着无忧无虑的和平生活。

大家看到渔人是个陌生客人，都热情地邀请他喝酒吃饭。渔人跟大家交谈，才知道那村子里的人的祖先还是秦朝末年避难到这儿来的。他们根本不知道秦以后还有汉朝，更不用说有什么魏、晋了。

桃花源

渔人在那里住了几天后，告辞回家。他在回家的路上，做了好多标记，准备下一次再去拜访。回到武陵，他报告了太守，太守也很感兴趣，派人跟着渔人去找桃花林，但是却怎么也找不到那个洞口了。

陶渊明写的那个世外桃源，在当时的社会里是不会有的。但是他在文章里描绘的那种人人劳动，个个过着富裕、安定生活的景象，反映了在当时黑暗动荡时代中人们的美好愿望。陶渊明在文章中歌颂了美的时光、美的景色、美的人物、美的理想，寄托了对自由生活的无限憧憬，所以《桃花源记》这篇文章一直为人们所喜爱。

《木兰辞》

　　《木兰辞》选自宋朝郭茂倩编的《乐府诗集》，是我国历史上流传最广、影响最深的一首民间叙事诗，讲述的是花木兰女扮男装替父从军的故事。《木兰辞》塑造了女英雄花木兰的光辉形象，赞扬了古代劳动妇女的光辉品质。《木兰辞》与《孔雀东南飞》是我国乐府诗中的典范，被合称为"乐府双璧"。

　　《木兰辞》是现实主义和浪漫主义相结合的诗篇，也是北朝民歌中最杰出的代表，在思想上和艺术上都取得了较高的成就。

　　南北朝时期，乐府诗有了很大的发展。北朝的民歌达到了很高的艺术成就，独具特色，语言质朴无华，风格豪迈，题材多样，其中最具有代表性的是长篇叙事诗——《木兰辞》。

　　《木兰辞》的故事发生在北魏末年，北方的少数民族突厥逐渐强大起来，他们经常派兵侵扰中原地区，抢劫财物，百姓们苦不堪言。

　　花木兰的父亲花弧是个退伍的老兵，家里有三个孩子，大女儿花木莲，二女儿花木兰，还有一个小儿子花雄。二女儿花木兰从小就和别的女孩子不一样，她不太喜欢玩女孩子的一些游戏，而是喜欢与男孩子满山跑，和他们玩军官抓贼的游戏。她的骑术很不错，而且特别喜欢舞刀弄剑。

　　这一年，突厥人又突然发兵，他们一直攻打到边境上来，势头很猛，朝廷为了对付他们，就在民间大量征兵，加强边境的防守。

　　有一天，衙门里的差役送来了征兵的通知，十二卷兵书上每一卷都有花弧的名字。木兰知道后非常焦急，父亲年纪老迈，怎么能参军打仗呢？家里没有哥哥，弟弟又太小，也不能替父亲作战，该怎么办才好呢？

　　花木兰是个孝顺的女孩，她整天冥思苦想，终于想出了一个好主意——女扮男装，代父从军。她把这个主意告诉了父母，一开始他们怎么也不同意，舍不得女儿出征，可是后来被木兰说得没有办法，只好同意她去了。

于是，花木兰到集市上买了一匹快马，又买了辔头、马鞍和马鞭，等一切都准备就绪了，她穿好盔甲，挽起了头发，不露一点儿女孩子的痕迹，快马加鞭地赶到军队上去了。

到了军中，木兰被分配到前线去打仗，由于她从小就跟爹爹练就了一身好武艺，爹爹又教她读过兵书，向她传授过兵法，这回正好派上了用场。木兰在战场上奋勇杀敌，丝毫不比其他男士兵差，再加上她胆大心细，讲究谋略，一连打了好几个漂亮仗。几年过去了，花木兰很快成了战场上赫赫有名的战将，被元帅提拔为阵前将军。在战斗中，木兰屡建奇功，同伴们对她十分敬佩，赞扬她是个勇敢的好男儿。

经过12年的浴血奋战，将士们终于击退了突厥兵。战争结束了，皇帝召见有功的将士，要论功行赏。可木兰既不想做官，也不想要财物，她只希望得到一匹快马，好立刻回家孝敬父母。皇帝答应了，还派木兰的战友们送她回去。

木兰的父母听说女儿回来了，非常欢喜，立刻赶到城外去迎接；姐姐听说妹妹回来了，也急忙打扮自己迎接妹妹；弟弟花雄也开始磨刀，要杀猪宰羊慰劳为国立功的姐姐。木兰回家后，脱下战袍，换上女装，梳好头发，出来向护送她回家的同伴们道谢。同伴们见木兰原来是个女孩子，大吃一惊，没想到共同战斗12年的战友竟是一位漂亮的女子。

于是，木兰代父从军的故事就这样传开了。后人更把这个故事编成歌谣广泛流传，最终成为一部长篇叙事诗《木兰辞》。

《木兰辞》共有300多字，是乐府民歌中的精品。它塑造了我国历史上一个善良勇敢、富有智慧和才能的女英雄花木兰的形象。木兰不畏艰难困苦，女扮男装代父应征从军，她骁勇善战，经过战争的锤炼，终于成为一名战功显赫的将军，凯旋后成了朝廷的大功臣。官爵、富贵接踵而至，但是她却不肯做官，她不看重高官厚禄、荣华富贵，坚决保持劳动人民的本色。她的英勇行为和优秀品质为后人景仰。全诗的语言生动活泼，充满了欢乐的浪漫主义气氛，具有极高的艺术成就。《木兰辞》与《孔雀东南飞》是我国乐府诗中的典范，被合称为"乐府双璧"。

《水经注》

郦道元（约 470 ~ 527）

郦道元（约 470 ~ 527），字善长，范阳涿鹿（今河北涿州）人。他生于世代做官的家庭，担任过地方官员，还做过御史中尉，是北朝时期著名的学者。他的主要著作是《水经注》，是对古代地理书的注解，共 40 卷，30 多万字。《水经注》不仅是一部有价值的地理学名著，而且也是我国山水文学中的珍品，被誉为"山水文学之祖"。

郦道元出生在一个官宦世家中，从小就读了许多书。他少年时代开始喜爱上了游览祖国的河山，曾经跟随父亲和友人游遍了山东。后来他做了官，到过许多地方，每到一个地方，都要游览当地的名胜古迹，还用心勘察水流地势，了解沿岸的地理、地貌、土壤、气候、人民的生产生活、地域的变迁等。在余暇时间，他还阅读了大量的地理方面的著作，逐渐积累了丰富的地理学知识。

《水经》一书写于三国时期，是一部专门研究河流水道的书籍，共记述了当时全国的主要河流 137 条。原文一万多字，文字很简单，没有把水道形成的来龙去脉和详细情况说清楚，而且由于时代的更替，有些河流改道，名称也变了，但书上却没有进行补充和说明。在这种情况下，郦道元认为应当在充分考察地理情况的基础上，印证古籍，把经常变化的地理面貌尽量详细、准确地记载下来，于是，他决心为《水经》作注。

在给《水经》作注的过程中，郦道元参考了 437 种有关书籍，查看了不少精确详细的地图，他还十分注重调查研究，亲自到实地考察，核实书上的记载。那时候，交通不方便，路途险峻，但他不畏艰难，跋山涉水，考察各地的山水草木和岩洞、土质等。

经过长期艰苦的努力，郦道元终于完成了《水经注》这一名著。《水经注》共40卷，30多万字，是当时一部空前的地理学巨著。它名义上是注释《水经》，实际上是在《水经》基础上的再创作。全书记述了1252条河流，比原著增加了近千条，文字增加了20多倍，内容也比《水经》原著要丰富得多。书中记述了各条河流的发源与流向，各流域的自然地理和经济地理状况，以及火山、温泉、水利工程等。

郦道元创作《水经注》的眼光是很开阔的，他抓住河流水道这一自然现象，对全国地理情况作了详细记载，而且书中还谈到了一些国外的河流，说明郦道元对于国外的地理状况也是很注意的。从内容上讲，书中不仅详述了每条河流的水文情况，而且把每条河流流域内的其他自然现象如地质、地貌、气候、物产民俗、历史古迹以及神话传说等综合起来，作了全面的描述，对研究我国古代历史和地理具有重要的参考价值。《水经注》文字优美，语言生动，不仅是一部地理科学名著，还是一部很有特色的山水游记，同时也是文学艺术中的珍品。郦道元以饱满的热情、浑厚的文笔、精美的语言，形象生动地描绘了祖国的壮丽山川，表现了他对祖国的热爱和赞美，表达了他的爱国主义情怀。《水经注》在我国长期历史发展进程中有着深远的影响，自明清以后，不少学者从各方面对它进行了深入细致的专门研究，形成了一门内容广泛的"郦学"。

《搜神记》

干宝（？～336）

干宝（？～336），字令升，新蔡（今属河南）人，两晋之际著名的史学家，著有《晋纪》。干宝创作的小说《搜神记》记述的是古代的民间传说，是志怪小说的代表作，也是一部古代神话集，书中所收集的传说有许多现在还广为流传。

《搜神记》是古代民间传说的总汇，而其中的一部分是后来民间传说的根源，成为中国小说界的名著。

古代小说的发展

"小说"这个词，最早出现在《庄子·外物》一书里面。当时的"小说"指的是游说的士人的言辞，他们为了打动别人，在自己的言辞中往往假借着故事，捏造人物和情节，这和现在所说的小说有一定的相同之处。

到了东汉时期，历史学家班固在他的文章中，提出了小说的确切意义，认为小说是一种记载着街谈巷语的书，是道听途说的人所作的，因为它算不上治理国家的大学问，所以才把它称作"小说"。

远古的神话传说是小说的最早起源。那些神话传说中有简单的故事情节和人物形象，它们是小说的源头。

鬼拦住了宋定伯

后来，随着文学的发展，在许多书籍中都出现了神话、杂史、民间传说、寓言等等，都和小说的形成有关。

到了魏晋南北朝时期，才出现了一批专门谈论灵怪与人物轶事的著作。当时写作小说几乎成为一种风气，不仅作品的数量多，而且内容丰富，出现了前代所没有的盛况。这标志着小说开始发展成为一种独立的文学体裁，这也是我国小说发展史上的第一个阶段。

这个时期的小说，就其内容来讲，大体可以分为两类：一类是谈鬼神怪异的"志怪小说"，另一类是记录人物轶闻琐事的"轶事小说"。

《搜神记》

志怪小说来源于古代的神话传说。魏晋南北朝时期，社会上宗教迷信思想盛行，神鬼小故事不断产生。"志怪"就是记录怪异的意思。志怪小说是记述鬼怪、神仙方术、隐士等内容的小说，保存到现在的有30多种，其中干宝的《搜神记》成就最高，是这类小说的代表。

干宝小的时候很喜欢学习，他读过许多书，后来做了官，著了《晋纪》20卷，成为当时著名的史学家。干宝生活的时期，人们很迷信，都认为"鬼怪是和人类一同存在的"，所以鬼怪的传说很多。

宋定伯背起了鬼

干宝相信世间真的有许多灵异的事情存在，于是打算创作《搜神记》，想把民间早就流传的鬼怪故事记录下来。

《搜神记》在长久的流传中，有许多都散失了，现在流传的有20卷，约有464篇小说。其中有一部分内容是介绍历史和现实的一些奇闻怪事的实录，如有一篇《一妇四十子》记载的就是周朝时期郑国有个妇女一生共生育了40个子女，还有记载连体婴儿、双头牛犊、上万只鸟雀斗架的怪事等等，当时人们都把这些事视为神奇，但现在都可以用科学道理来进行解释。

宋定伯和鬼一起过河

书中还有许多故事反映的是社会上层统治集团的残暴和荒淫，表明了下层百姓对社会的不满和渴望复仇的心态。虽然有很多故事是虚构的，但是因为这些故事具有震撼人心的力量，因而被广为传诵。如《宋定伯捉鬼》、《三王墓》、《东海孝妇》、《韩凭夫妇》等。

宋定伯捉鬼

《宋定伯捉鬼》是《搜神记》中比较著名的一篇。

宋定伯是河南南阳人，胆子很大。他年轻的时候，有一回走夜路，天很黑，风吹得树叶沙沙作响，若是一般人碰到这种情形，心里一定会很害

一生必知的中国文学知识

怕，但是宋定伯若无其事地迈着大步朝前走。忽然，迎面出现一个模糊的黑影，宋定伯心想，还有哪个人也如此胆大，在漆黑的夜里一个人走路？他不知道那是鬼，就友善地问："谁？"只听对方细声细气地答道："我是鬼。"接着反问宋定伯说："你又是谁呀？"果然，鬼一开口，就有一股阴气。宋定伯心想："我一个大汉，难道怕你一个夜行孤鬼不成？"他灵机一动撒谎说："我也是鬼。"鬼将信将疑，又问："你要上哪儿？"宋定伯随口就答："我要去宛市。"鬼便说："真巧，我也去那里。我们一道同行吧！"两人于是结伴一起走。走了好几里，鬼提议说："步行又慢又累，咱俩轮流背着走，还能节省些力气，好不好？"宋定伯说："这太好了，这太好了！"于是，鬼先背起宋定伯。走了几里后，鬼疑心地说："为什么你身子这样重，看来你不是鬼吧？"宋定伯急中生智，骗他说："我是个新鬼，你做鬼的，难道不晓得新鬼会重一点吗？"鬼一听，也没有什么话说了。

轮到宋定伯背鬼时，他发现鬼果然是一点重量也没有。因而他能背着鬼轻快地迈着大步向前赶。

行程中，宋定伯盘算着如何才能制伏这个鬼。他装出虚心请教的样子，问鬼说："我刚死，不知道做鬼最怕什么，最忌什么？"鬼一点儿也不怀疑他，便毫无保留地告诉他说："鬼最怕沾人的唾沫，若沾上了，就翻不了身了。"

他们一面说，一面走着，前面横着的一条河拦住了去路。宋定伯叫鬼先过去，侧耳一听，鬼过河时一点蹚水的响声也没有。轮到宋定伯过河时，他无法像鬼那样无声无息，而是把水打得稀里哗啦地乱响。这时，鬼又怀疑地问他："怎么会有这么大的响声？"宋定伯说："我是新鬼，还没学会蹚水，不用奇怪，以后还请你多多指点我。"鬼见他如此看重自己，就不再怀疑了。

快到宛市时，轮到宋定伯背鬼，他使劲地把鬼抓住。鬼在他背上"咋、咋"地直叫唤，要求下来。宋定伯根本不予理睬，迈开大步，朝前直奔。一直到了宛市，宋定伯才把鬼放下，一瞧，鬼因为害怕行人，早已变成了

鬼变成了羊

一只羊。宋定伯怕他再变，连忙朝他啐了几口唾沫，然后把这只羊卖掉了，得了1500钱。

这则故事告诉我们，鬼没有什么可怕的，像宋定伯那样凭借自己的勇敢和机智就完全能制伏它。

《世说新语》

刘义庆（403～444）

刘义庆（403～444），彭城（今江苏徐州）人，南朝宋著名的文学家。他是六朝时期宋的皇族，从小就被宋武帝刘裕看重。刘义庆生性朴素，喜欢做文章，常常同文学爱好者一起谈天说地。他的主要代表作有《世说新语》。

《世说新语》原名《世说》，内容包括五六百条精彩的小故事，是轶事小说的代表作。全书共有三卷，分为德行、言语、政事、文学等36门，主要记述的是汉末魏晋时期士大夫的言行，对后世文学有很大的影响，是笔记体小说的先驱。

轶事小说的产生

魏晋南北朝时期，评论人物的风气很盛行，社会上的士大夫常常聚在一起，谈论一些名士的趣闻轶事，于是就有人把知名人物的言行记录下来，编成小说，这就是轶事小说的兴起。

当时有许多人编辑了各种小说，可是这些书大都散失了，比较完整地流传到现在的只有刘义庆的《世说新语》。它是魏晋轶事小说的集大成之作。

《世说新语》

　　《世说新语》主要记述的是东汉末年到东晋时期的士族阶层人物在生活中的言行和趣事，还记载了晋代司马氏的暴政和上层人物的豪奢生活，此外还有称颂好人好事的内容。

大金榜

　　书中有许多文章描写了当时的文人不拘小节、崇尚清谈的处世态度，如竹林七贤中的刘伶就是这样一个人。他很喜欢喝酒，常常借着酒劲脱光衣服放松自己。当别人讥笑他的时候，他反驳说："我拿天地当房屋，拿房屋当衣裤，你们为什么要钻到我的裤子里来呢？"令人哭笑不得。

　　阮咸也是这样一位性情率真的人。当时有个习俗，每到七月初七的时候，家家户户都要晒晒衣服，这就为一些豪门富户制造了夸耀财富的机会。这一天，当他的邻居晒衣服的时候，只见架子上全是绫罗绸缎，光彩夺目。阮咸家里很穷，可是他却不慌不忙地用竹竿挑起一件破旧的衣服拿出来晒。有人问他干什么，他说："不能免俗，只有和大家一样了！"这件事情虽小，却体现出他对世俗礼法的蔑视和对虚荣的挑战，赞扬了他不畏权贵、不加伪饰的美德。

　　《世说新语》中还记载了一些吝啬鬼的故事。在《俭啬篇》中记载了司徒王戎的故事：他家里特别有钱，十分富贵，有万顷的良田和许多豪宅。可是他十分吝啬，对家中的柴米油盐都要经常算计，常常和夫人在晚上关起门点着灯数钱，一分一毫都要小心翼翼地攒起来。女儿出嫁的时候，他只给了一点点嫁妆，说什么也不肯多拿一点。女儿没有办法，只好向他借

了数万钱。没想到这成了王戎的一块心病，他总是担心女儿赖账不还。此后，女儿每次归家，他都摆出一副不高兴的样子，冷言冷语，直到女儿还钱了，他才对女儿露出了笑脸。他家还有一棵李子树，结的果实又大又甜，收了李子之后，他舍不得吃，也不许家里人吃，拿到集市上卖。他怕别人得到种子，长出和他的李子一样的果实来，竟然先把李子的核挖出来，然后才放心地出售。文章用简练的语言勾画出了王戎贪得无厌的嘴脸，批判了他吝啬的本性。

古代科举考场

《世说新语》善于通过富有特征性的细节勾勒人物性格，采用描写和叙事巧妙结合的方式，语言精练，表达含蓄，具有很高的艺术成就，对于后世的文学有很大的影响。《世说新语》是笔记小说的先驱，也是后来小品文的典范。

《文心雕龙》

刘勰（约 465～约 532）

刘勰（约 465～约 532），字彦和，东莞莒（今山东莒县）人，南朝梁的文学理论家。他的代表作是《文心雕龙》。《文心雕龙》是中国最早的一部系统性的文学批评专著，它不仅总结了先秦以来的文学创作经验，同时也继承和发扬了文学理论的成果，为中国古代文学理论系统化奠定了基础，是中国文艺理论中为人们所重视的杰作。

刘勰小的时候家里很穷，没有办法，只好到寺院里做了一名俗家弟子，整天跟着和尚们念经、学习佛法，所以精通不少佛家的理论。后来，他出了家，真的成为一名和尚，改名为慧地。

刘勰的思想受儒家思想和佛教的影响很深。他特别崇拜孔子，有一次，他睡觉的时候梦到了孔子，醒来的时候高兴得不知怎样才好。所以，他的著作《文心雕龙》是以儒家思想为主的。

刘勰在创作《文心雕龙》的时候已经30多岁了，他花了五年的时间才写完这本书。《文心雕龙》共有50篇，包括总论、文体论、创作论、批评论四个主要部分。

《文心雕龙》中有总论5篇，是全书理论的基础，他反对当时浮艳的文风，提倡原道的文学。他说的"道"，指的是一种绝对的观念，他认为"圣人"才最能理解道的意义，所以提倡以圣人的文章为楷模。

文体论共20篇，指出了各种体裁的特色、写作方法及其源流。刘勰反对虚构的作品，认为作品不要脱离现实才好，体现了他对文学创作的观点。

创作论有19篇，刘勰为了纠正当时文坛中注重雕琢的风气，提倡自然真实的文学。他说："文章要以简洁善辩为好，不应该注重一些没有用的烦琐的文字；道理的阐述要以明白为妙，隐晦难懂的文章不是好文章。"

另外，刘勰也谈到了很多语言技巧的问题：要求文章不能多用偏旁相同的字，一些不必要的字句就应当删掉；主张文章的音节要和谐，比喻要用得恰到好处才行；反对描述空洞无物的内容；认为夸张要适当，修饰不能过头，等等。总之，刘勰提倡以简洁、自然的语言来表现丰富的内容。

批评论有5篇，刘勰从不同的角度对过去时代的文风、作家的成就提出批评。文学批评是《文心雕龙》的主要内容。他在文章中比较了上古时期到南北朝时期作家的才华和学识，批评了司马相如等人的品行，说他们的作品太过浮躁；又表扬了屈原和徐干等人的品德，认为他们的文章应当被更多的人传诵。

在文学批判中，刘勰的态度是端正的，他认为文学批评家的态度要客观，不能有个人的憎恨和喜爱，也不能认为古代文人的作品就一定比当代文人的作品好，更不能沾沾自喜，通过贬低别人的作品来抬高自己。总之，他认为要实事求是，提高自己的鉴别能力。

最后一篇《序志》，说明了作者的创作意图。

《文心雕龙》分为四个方面，但其理论观点是首尾连贯的，各部分之间又互相照应，成为一个完整的体系。本书逻辑性强，语言典雅华丽，全面、系统、深入地论述了文学中的很多问题，着重抨击了当时日益泛滥的形式主义文风。《文心雕龙》继承并发展了前人进步的文艺思想，比较全面地概括和分析了那个时代的文学现象，把中国古代文学批评理论推向了一个新的阶段，对后世有极为重要的影响。

唐、五代时期

　　唐朝是我国古代诗歌发展的全盛时期。唐诗是我国优秀的文学遗产之一，也是全世界文学宝库中的一颗灿烂的明珠，具有持久的生命力。唐代诗歌的发展可以分为四个时期，它们是初唐、盛唐、中唐、晚唐。唐代的诗人特别多，李白、杜甫、白居易是世界闻名的伟大诗人，除了他们之外，还有2000多位优秀的诗人。唐诗的题材非常广泛，有的反映了当时的社会矛盾，有的抒发了爱国思想，有的描绘祖国河山的壮丽，有的抒写个人抱负和遭遇……这些不朽的诗篇世代流传，为人们所喜爱。

王 勃

王勃（650 或 649 ~ 676）

王勃（650 或 649 ~ 676），字子安，绛州龙门（今山西河津）人，唐代文学家。王勃与杨炯、卢照邻、骆宾王以诗文齐名，并称为"王杨卢骆"，也称"初唐四杰"。王勃崇尚文章要实用，他的诗对于改变当时文坛浮华的风气起了很大作用。

王勃的诗今存 80 多首，多为五言律诗和绝句，其中写离别怀乡之作较为著名。《杜少府之任蜀州》写的是离别之情，以"海内存知己，天涯若比邻"相慰勉，意境开阔，一扫离别时的低沉气息，为唐代送别诗中的名作。

王勃的《滕王阁序》在唐代时期就很有名，成为脍炙人口的佳作，其中"落霞与孤鹜齐飞，秋水共长天一色"是著名的诗句。王勃的文学成就在"初唐四杰"里是最高的，人们称他"勃文为四杰之冠"。

马当遇险

王勃是个神童，他 6 岁的时候就会写文章，9 岁那年读颜师古的《汉书注》时，认为里面有许多错误，就写了文章来批评它。14 岁的时候，唐高宗得知了他的声名，封他做了"朝散郎"的官。

关于王勃，还有一个有趣的传说。他小的时候住在舅舅家里，13 岁那年，他常常跟随舅母外出游历。有一次，他们坐船从金陵去往九江，沿路经过马当山脚下。这是一个很险峻的地方，当时有个叫陈鲁望的人说："山之险莫过于太行，水之险莫过于吕梁，合二险而为一，吾又闻乎马当。"意思是说，在所有的山中，太行山是最险的；在所有的水域里，吕梁地区是最险的；而山险水也险的地方，就要算是马当了，说明了马当地势的险要。

果然，他们的船刚到马当地区，江水突然波涛翻滚，水花溅起有几丈高，空中阴云密布，小船摇摆不定，眼看就要翻了。

船上的人十分惊慌，纷纷跪下来向江神祷告，希望能保佑自己。只有王勃端坐在船上，一点都不害怕，神态自若地读自己的书，船夫很惊讶，问他说："现在大家都性命难保，可是你却不害怕，是什么原因呢？"

王勃笑着说："我的命运是由上天决定的，区区江水又能把我怎样呢？"

船夫大惊失色，说："我看你年纪还小，可不要说大话。"

王勃说："放心吧，我会救大家的命的。"

于是他拿出纸和笔，当场写下一首诗：

> 唐圣非狂楚，
> 江渊异汨罗。
> 平生仗忠节，
> 今日任风波。

写完之后，他把纸抛到了江水中，说来也怪，江水渐渐停止了翻滚，过了一会儿，云开雾散，风浪也平息了。

大家很感激他，都说："多亏了这位少年相助，不然我们今天就都完了。"

王勃却不以为然地说："一切自有天定，用不着那么担心。"

四杰之冠

初唐时期，文学诗作中广泛遗留下了六朝以来颓废浮华的风气，只讲究形式，不注重内容。王勃与杨炯、卢照邻、骆宾王等人主张文章要实用，大胆地提出了许多革新意见，于是文坛中创作的题材扩大了，风格也比较清新刚健。"四杰"对于革除文章的旧风气、开创唐诗新气象起了重要的作用。

王勃在初唐四杰中是成就最高的一个。他才学很高，作品有自己的风格。传说王勃写文章之前，先磨好墨，然后躺在床上，盖上被子蒙住头。不知过了多长时间，他忽然跳起来快速地书写，而且文章还不加标点，一

气呵成。

王勃就用这种方法写出了不少令人惊叹的作品，大家都称赞他说："王勃心中有腹稿。"人们把他写作的方式当成一个奇迹。

王勃的诗现存有80多首，多为五言律诗和绝句，其中描写离别怀乡之作较为著名。《送杜少府之任蜀州》写的就是离别之情，是送别诗的名作。当时他有一位姓杜的朋友到四川去做官，上任之前来和王勃告别，于是王勃就写了这首诗为朋友送行。

"海内存知己，天涯若比邻"是这首诗中著名的诗句，意思是说只要四海之内还有一个知己朋友，虽然远隔天涯，也好似近在邻居一样。这是对杜少府的安慰，同时也有点赞扬的成分。对杜少府来说，虽然远去四川，但是还有知己朋友在这里，不会因距离远而就此疏淡。对自己来说，像杜少府这样的知己朋友，纵然现在远去，也好像仍在长安时时见面一样，不会忘怀。

同友人分别是很令人伤心的，可是王勃却将离别的悲伤化作一种豪放之情，这首诗像散文一样流利地抒写了临别的友谊，因而成为千秋名作。

有一次，王勃去交趾看望父亲，路过南昌时，正赶上都督阎伯屿新修的滕王阁建成了，在九九重阳日那天大宴宾客。王勃也前往拜见，阎都督早就听说过他的名气，请他参加宴会。阎都督这回请客，其实是为了向大家夸耀女婿孟学士的才学。他事先让女婿准备好一篇序文，在席间当做即兴之作写给大家看，以表明女婿的才华之高。

宴会上，阎都督让人拿出纸笔，假装请大家为这次盛会作序。大家都知道他的用意，所以都推辞了，可是年仅二十几岁的王勃，却毫不推辞，接过纸笔，当众写了起来。阎都督很不高兴，离开宴席就走了。他回到府里，教人去看王勃都写了些什么，手

滕王阁

下禀报说王勃一开始写道"豫章故都，洪都新府"，都督很不以为然，说："不过是老生常谈，没有什么稀奇的。"可是继续听下去却逐渐陷入了沉思，低头不语。等他听到"落霞与孤鹜齐飞，秋水共长天一色"时，不得不叹服道："王勃确实是个天才啊，老夫自愧不如！"

《滕王阁序》文采斑斓，句句生辉，使人读完后犹如身临江南水乡，是一篇脍炙人口的佳作。王勃的作品也因为意境开阔，风格清新秀丽，具有现实主义意义而流传后世。

陈子昂

陈子昂（659～700）

陈子昂（659～700），字伯玉，梓州射洪（今属四川）人，是与"初唐四杰"齐名的文学家。他曾任右拾遗（古代的一种官职名称），所以被后世称为陈拾遗。

唐代初期的诗歌，因为沿袭了六朝的习气，风格比较纤弱，陈子昂于是挺身而出，第一个举起了诗歌革新的旗帜，力图扭转这种倾向。他的诗歌以其进步、充实的思想内容，质朴、刚健的语言风格，对整个唐代诗歌产生了巨大的影响。《登幽州台歌》是陈子昂的代表作，也是千古传诵的名作。

陈子昂摔琴

陈子昂少年时家庭很富裕，他也慷慨好施，喜欢结交朋友。他是个很有上进心的人，从青年时代就开始发愤攻读，博览群书，很关心国家大事，希望将来能有所作为。

21岁那年，陈子昂来到京师，想要干一番大事业，可是他刚到京城，人们都不认识他，他只是个无名小卒。为了让自己出名，陈子昂便安排一个老头，手抱一把普通胡琴当街高声叫卖。当人们问他卖多少钱时，他却喊价百万，一把琴竟然卖到百万钱，顿时引起轰动。许多人都围过来看热闹，却没有人出得起这个价。

正在这时，陈子昂出现了，他说："这把琴值 100 万，我买了。"于是在众目睽睽之下，他轻描淡写地掏出百万现金，当场就把琴买了下来。

大家交头接耳，议论纷纷，有人问："公子花这么大的价钱买这把琴，想必公子的琴艺是很高超的了？"

陈子昂点点头说："我确实精通琴艺。"

大家都很兴奋，问道："那公子可不可以为我们演奏一曲呢？"

陈子昂答道："各位如果不嫌弃，请明天到我住的宜阳宾馆来吧。"

第二天，果然来了许多人，甚至一些达官贵人也来瞧个稀罕。陈子昂准备好了酒菜佳肴款待大家。在酒席

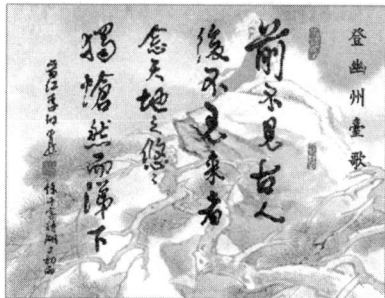

《登幽州台歌》

上，大家要陈子昂用昨天买的那把琴为大家演奏。陈子昂捧出琴，高声对众人说："我是四川的陈子昂，到京城已经有好多天了，可始终没有得到大家的赏识，虽然写过许多文章，但大家也没看到过。今天借这个机会，想让大家指点一下。至于弹奏胡琴，那是乐工们的事，我哪有工夫去研究呢？"

说完，陈子昂举起胡琴摔在地下，并将自己所写的文章分赠给大家。一天之内，陈子昂摔琴的事就传了出去，他的名声也轰动了京城，这就是"一日之内，名满都下"的典故。

《登幽州台歌》

陈子昂 24 岁时中了进士，得到过武则天的重视，被任命为右拾遗。他直言敢谏，不畏迫害，曾屡次上书武则天，常常不被采纳，因而觉得很苦闷。

陈子昂曾经两次随军出征少数民族，对边防军事问题也提出过不少有远见的建议，但也得罪过许多主将。

《登幽州台歌》就是陈子昂随建安王武攸宜第二次出征契丹时的作品。当时武攸宜独断专行，不讲究谋略，使得全军覆没。陈子昂顾全大局，满怀热情地两次进谏，提出正确的用兵计策，并要求率兵打先锋，没想到他的意见不但没有被采纳，而且还被贬了职。他的心中充满了悲愤，一次，他在登上幽州台的时候，放眼祖国的河山，发出了这样的感慨：

> 前不见古人，
> 后不见来者。
> 念天地之悠悠，
> 独怆然而涕下。

这首诗的意思是：既见不到古代的人，也看不到以后的人，想起天地是这般邈远，我不禁黯然落泪。陈子昂在这首诗中感叹这个时代既没有古代的英雄，也没有将来的俊杰，只能徒然令人悲伤，表达了作者怀才不遇的苦闷和百感交集的复杂心情，具有很强的感染力。

《春江花月夜》

张若虚（660～约720）

张若虚（660～约720），江苏扬州人，曾任兖州兵曹，与贺知章、张旭、包融齐名，号称唐代的"吴中四士"。他的诗作语言优美，形神兼备，可是大部分都遗失了，现存只有两首。《春江花月夜》是流传千古的名篇，抒发了真挚动人的离情别绪和富有哲理意味的人生感慨，语言清新优美，给人以清澈自然的感觉，被称为"诗中的诗，顶峰上的顶峰"。

《春江花月夜》是张若虚的一篇七言长诗。诗的题目就令人心驰神往，春、江、花、月、夜，这五种事物集中体现了人生最动人的美景，构成了奇妙的艺术境界。全诗就是紧紧围绕着春、江、花、月、夜这五个字来写的。

"春江潮水连海平，海上明月共潮生。"诗中一开始就勾勒出一幅春江月夜的壮丽画面：江潮无边无际，好像和大海连在一起一样，气势宏伟，这时一轮明月和海水一同升起来。一个"生"字，就赋予了明月与潮水活泼的生命。

接下来，诗人描写了月光和江水相互辉映，有春江处，就有明月的光芒。诗人立在江边，仰望着明月，不禁产生了"江畔何人初见月？江月何年初照人？"的疑问，他想知道自古以来，是哪一个人第一次看到了月亮，月亮又是什么时候第一次照耀着人类？这是个涉及自然的奥秘和人类起源的问题，诗人也无法回答，于是转入"人生代代无穷已，江月年年只相似。不知江月待何人，但见长江送流水"的沉思。宇宙是永恒的，明月常在；而人生呢，人的一生是多么短促啊！然而就整个人类来说，就可以世代相传，无穷无尽，因而能与明月共同存在。在这两句诗中，诗人对明月的永恒、对人生的匆匆发出了极大的感慨，然而想到人类生生不已，自己也能被明月照耀，又感到很欣慰。

"不知江月待何人，但见长江送流水。"人生代代相传，江月年年照耀。一轮孤月挂在空中，像是等待着什么人似的，却又永远不能如愿。月光下，只有大江急流，奔腾远去。随着江水的流动，诗人把思绪推向更深远的境界。江月有恨，流水无情，自然地把笔触由上半篇的大自然景色转到了对人生的描写中，引出了下半篇男女相思的离愁别恨。

诗人想象"谁家今夜扁舟子，何处相思明月楼"，描写了外出离家的游子和他的妻子两地相思的情怀。游子在外漂泊不定，妻子在家中日夜思念。接下来的"可怜楼上月徘徊，应照离人妆镜台。玉户帘中卷不去，捣衣砧上拂还来"，是诗人描写的游子想象妻子如何思念自己的景象：妻子望着明月思念着在外的丈夫，可是丈夫却始终没有回来，因而妻子害怕看见月光。但是她可以卷起"玉户帘"，却卷不去月光；可以擦净"洗衣的木板"，却擦不掉木板上的月色。

"此时相望不相闻，愿逐月华流照君。"写的是妻子想到月亮的光辉是能照见丈夫的，因而又产生了"想要追随月光照着丈夫"的痴想。可是这

当然是不可能的，于是她又想按照古代的传说托鸿雁、鲤鱼捎上书信，带给自己的丈夫，然而"鸿雁长飞光不度，鱼龙潜月水成文"，不管鸿雁怎样奋飞，也飞不出明月的光影；不管鲤鱼如何腾跃，也只能激起水面的波纹。表达了妻子思念丈夫而又无法见到丈夫的无奈的思绪。

"昨夜闲潭梦落花，可怜春半不还家。"诗人想象游子思念妻子，描述了自己的梦境：他在梦中看见落花，意识到春天已过去大半，可是自己还没回家，眼睁睁地看着"江水流春去欲尽，江潭落月复西斜"，时光不断消逝，自己的青春、憧憬也跟着消逝，然而山高路远，怎能乘月归家？最后以"落月摇情满江树"结束全篇，将月光之情、游子之情、诗人之情交织成一片，洒落在江树上，也洒落在读者心上，寄托了无限的情思。

《春江花月夜》描写了游子、思妇的相思，以春、江、花、月、夜点染、烘托，实物中有想象，实境中含梦境，情景交融，时空交错，虚实互补，在思想上与艺术上都超越了以前那些单纯的山水景物诗；融诗情、画意、哲理为一体，凭借对春、江、花、月、夜的描绘，尽情赞叹大自然的奇丽景色，讴歌人间纯洁的爱情，从而汇成一种情、景、理水乳交融的完美意境。

《春江花月夜》宛如一幅淡雅的水墨画，具有不朽的艺术生命，所以被后人称为"诗中的诗，顶峰上的顶峰"。

王之涣

王之涣（688~742）

王之涣（688~742），字季凌，晋阳（今山西太原）人，盛唐时期著名的诗人。他曾在冀州做过小官，后来被人诬陷，便愤而辞官回家。他在家闲居了15年，又被朝廷任用，可惜在上任途中死去。

王之涣从小聪明好学，为人豪放，常击剑吟诗。他的边塞诗十分有名，其中描写西北风光的诗篇颇具特色，大气磅礴，意境开阔。他的许多作品

精品文学书系

都被当时乐工制曲歌唱，七绝《凉州词》、五绝《登鹳雀楼》是唐代绝句中的精品，被广为传诵。可惜他的诗歌散失严重，流传下来的作品仅有六首，都收录在《全唐诗》里。

《登鹳雀楼》和《凉州词》

　　王之涣是唐朝时期著名的边塞诗人，他的诗意境开阔，耐人寻味，有很强的哲理性，其中《登鹳雀楼》和《凉州词》是他的代表作。

　　"白日依山尽，黄河入海流。欲穷千里目，更上一层楼。"这就是王之涣的《登鹳雀楼》。全诗的意思是：夕阳依傍着西山慢慢地沉下去了，我登上鹳雀楼望着滔滔黄河朝着东海汹涌奔流。要想把千里的风光景物看够，那就要登上更高的一层城楼。诗中蕴涵着积极向上的哲理，它告诉人们：站得高才能望得远，只有立足更高，眼界才能更开阔。

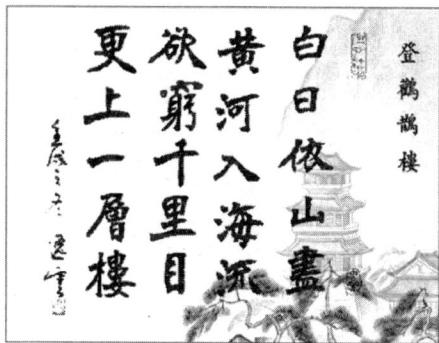

《登鹳雀楼》

　　"黄河远上白云间，一片孤城万仞山。羌笛何须怨杨柳，春风不度玉门关。"这是王之涣的另一首著名的边塞诗《凉州词》。孤城指的是玉门关，仞是古代的计量单位，古代以7尺或8尺为1仞，羌是当时的一个少数民族。诗的意思是说澎湃的黄河远远望去好像奔流在白云之间，一座孤城矗立在高峻的山岭之中。羌笛何必要吹出"折杨柳"这哀怨的曲调？连春风也不愿吹过玉门关。这首诗为人们展示了边塞地区壮阔、荒凉的景色。全诗悲壮苍凉，流落出一股慷慨之气。边塞的酷寒正体现了驻扎边防的士兵回不了故乡的哀怨，可是这种哀怨并不消沉，反而体现了一股壮烈广阔的情怀。《凉州词》因而被称为"唐代绝句的压卷之作"。

孟浩然

孟浩然（689～740）

孟浩然（689～740），襄阳（今属湖北）人，世称孟襄阳，他是盛唐时期著名的诗人，也是唐代第一个大量写山水田园诗的诗人。孟浩然40岁的时候曾到长安谋求做官，可惜没有考中，后来又外出游历，但是他的大部分时间都隐居在故乡鹿门山，因此人们又称他为孟山人。

孟浩然为后世留下了200多首诗，主要是描写他的隐居生活和在游历过程中的感受。他的山水田园诗大部分是五言诗，具有很高的成就，开创了唐代山水田园诗的先河。

孟浩然是湖北襄阳人，40岁之前，他一直在家乡隐居，常常闭门苦读，有时到田中劳动，日子过得很舒服。40岁那年，他来到长安，想要考取功名。他的诗在长安流传开之后，很受欢迎，一时间名声大振。可是，他考了很多次都没有被录取，所以在仕途上很不得意。

他和当时的另一位诗人王维是好朋友，当时，王维在朝中做官。有一天，王维邀孟浩然去自己的官署中做客。孟浩然刚好参加完考试，于是就同意了。谁知正当他们聊得高兴的时候，有人禀告说皇上来了。他们十分惊慌，孟浩然只好躲到床下。

皇上进来后，王维不敢隐瞒真情，告诉他说有位诗人躲在床下，皇上很有兴趣，问他说："是哪一位呀？"

王维回答说："是诗人孟浩然。"

皇上很高兴，命令孟浩然出来。孟浩然从床下钻了出来，皇上对他说："朕早就听过你的大名，你给朕念一首你写的诗吧！"

于是孟浩然就把他认为是最成功的一首诗《岁暮归南山》念给皇上听，可是，没想到当皇上听到"不才明主弃"一句时，很不高兴，说：

"你不做官，可不是因为我不用你，你怎么敢这样污蔑我？"说完一甩袖子走了。

等到皇上回去后，生气地下了一道指令，不允许孟浩然做官，命令他只能回去过隐居生活。

于是，孟浩然离开了长安，到北方游历去了。过了几年，他回到了故乡鹿山，过起了隐居的生活。

孟浩然的田园诗十分有名，他的诗有很大一部分描写的是故乡的景色，能将山水、烟树、新月、小舟描绘得平常而亲切，生活气息浓厚。如《过故人庄》一诗里，孟浩然将农家生活的简朴、故人情谊的深厚、乡村气氛的和谐描绘得淋漓尽致，表现了自己对农家生活的向往，给人留下了难以忘怀的印象。他的其他一些小诗也很著名，如《春晓》一诗是流传千古的佳作，内容含蓄清丽、韵味悠长。

孟浩然的诗摆脱了唐朝初期的咏物类的比较狭窄的境界，内容恬淡，生活气息浓厚，给诗坛带来了新的气息，开创了唐代山水田园诗的先河。

过了好几年，孟浩然的好朋友王昌龄来拜访他。当时孟浩然背上生了疮，本来就快好了，医生叮嘱他不可以吃鱼和虾等食物，但是老朋友相聚，喝酒聊天，孟浩然觉得很高兴，竟忘了医生的话，吃了鲜鱼，结果中毒而死，只活了52岁。

王昌龄

王昌龄（？ ~约756）

王昌龄（？ ~约756），字少伯，山西太原人，盛唐时期著名的诗人，进士出身，曾任龙标尉的官职，所以世称王龙标。

王昌龄流传下来180多首诗，其中七绝诗有75首。他的诗集中地表现了两类主题：一类是歌唱边塞将士的乡思离愁，另一类是表现妇女的情怀。王昌龄的边塞诗十分有名，诗人善于挖掘边塞将士的内心世界，既描写了将士们的爱国热情和斗志，又描述了他们对家园和亲人的挂念，成为后人广为传诵的名作。

在盛唐的诗坛里，有位诗人曾被誉为"诗家夫子"，他就是以擅长写绝句而闻名的王昌龄。

唐朝时期，由于边境战争的频繁和民族之间经济、文化的交流，人们对边塞生活逐渐关心起来，不仅不觉得边塞生活荒凉可怕，反而感到很新奇。王昌龄就是这样一个人，他曾经随将士到塞外征战，因此边塞的生活给他留下了极为深刻的印象。王昌龄的边塞诗歌中，既描写了将士们的爱国热情和斗志，又描述了他们对家园和亲人的挂念。

王昌龄的诗作中最突出的要算《出塞》诗：

> 秦时明月汉时关，
> 万里长征人未还。
> 但使龙城飞将在，
> 不教胡马度阴山。

这首诗的意思是："依旧是秦时的明月和汉时的边关，可是将士们征战万里还没有回来。如果龙城的飞将军李广还在的话，绝不许匈奴南下牧马度过阴山。"这是一首令人百读不厌的名作，描写的是边塞战争的场景，虽然只有四句，但包含了许多丰富的内容，有景、有情、有哀叹、有指责、有希望……这首诗体现了诗人对国家边境安危的关心和希望战争停止、能让老百姓们安居乐业的情怀，反映了诗人同情人民疾苦的爱国主义思想。

王昌龄的《从军行》是另一首表现塞外生活的名作：

> 青海长云暗雪山，
> 孤城遥望玉门关。
> 黄沙百战穿金甲，
> 不破楼兰终不还。

这首诗的意思是："青海湖上层层浓云使雪山暗淡无光，站在孤城上向东遥望玉门关。沙场上战士们身经百战，铠甲已被磨破，然而战士们的信念是坚定的，那就是不平定楼兰的入侵誓不回还！"这首边塞诗描写了祖国边疆的将士誓死与敌人血战，不平定敌人绝不返回家园的顽强斗志和豪迈气概。

由于王昌龄的诗作具有很高的艺术成就，所以当时的人们常常将他和当时另一位大诗人李白相提并论，他们两个人之间也因而建立了很深的友情。有一次，王昌龄得罪了皇帝，被贬官到湖南。当时的湖南人烟稀少，特别荒凉，算是边远地区，两个人相隔又很遥远，于是李白为王昌龄写了一首诗来表达自己的怀念之情——

> 杨花落尽子规啼，
> 闻道龙标过五溪。
> 我寄愁心与明月，
> 随君直到夜郎西。

子规指的是杜鹃，这首诗的意思是："片片杨花在杜鹃的啼叫声中飘落。就在这个时候，我听说我的好朋友王龙标（指王昌龄）被贬官的消息，那个地方那么荒凉，不知道我们什么时候才能再相见，我只能将这份怀念之情托付给明月，希望它能乘着清风，伴随你去夜郎国吧！"

诗佛王维

王维（701？～761）

王维（701？～761），字摩诘，太原祁（今山西省祁县）人，唐朝时期著名的诗人和画家，官至右丞，因此世称"王右丞"。因其对佛学研究造诣很高，故人称"诗佛"。

王维是一个多才多艺的人，他在音乐、诗歌、绘画等方面都有很高的成就。他的边塞诗、山水诗、律诗、绝句等都广为流传。他又是一位著名的绘画大师，他的"破墨"技法开创了山水画的新境界。

王维的山水田园诗很有特色，他同另一位田园诗人孟浩然并称为"王

孟"。王维在描写小桥、流水、人家的时候着墨并不多，但却能使人感受到一种特殊的意境，他能将诗情和画意和谐地结合在一起，大文豪苏轼称他"诗中有画，画中有诗"。

王维登第

王维的祖父是个管音乐的官，他的父亲去世很早，母亲信奉佛教。王维从小就具有艺术天赋，他精通音乐、绘画、书法，在文学方面更是具有很高的成就，他的边塞诗和山水诗都很有名。

王维年少时就很有才气，相传他9岁的时候就会写诗。17岁那年，他离开家乡去各地游历，在途中，他写下了著名的《九月九日忆山东兄弟》，成为家喻户晓的名篇：

> 独在异乡为异客，
> 每逢佳节倍思亲。
> 遥知兄弟登高处，
> 遍插茱萸少一人。

这首诗的意思是：我孤独地流落到他乡，每逢佳节到来的时候就更加思念亲人，今天是重阳节，我知道我的兄弟们一定都去登山，而且每个人的身上也都系着茱萸袋，却单单少了我一个人。从王维的这首诗中，我们不难体会出他当时客居他乡的那份辛酸。17岁的少年，通常还在父母的呵护下成长，然而王维身处异地，怎么会不令他伤感呢？全诗描述了诗人内心的失望与惆怅，而"每逢佳节倍思亲"的这份思乡之情，也道尽了无数异乡游子的心声，表达了两地相思的无奈。

王维在19岁那年，赴京城参加科举考试，获得了第一名。说起这个第一名，还有一段有趣的故事呢。

因为王维不仅善于写诗，而且对书法、音律、绘画都很在行，是个多才多艺的才子，所以在当时长安的皇族中很有名，同岐王的关系很不错。王维参加了考试后，听说另一个叫张九皋的人，走了公主的后门，公主就给考官下令，要取张九皋为第一名。王维听到这个消息，就同岐王商量，希望得到岐王的推荐。但岐王的权势哪里比得上公主，于是他就建议王维以自己的才华去争取公主的推荐。

过了几天，岐王让王维穿上锦绣衣服，带着琵琶，到公主的府里去拜访。王维风度翩翩，非常惹人注目，公主看见后，问岐王说："这是谁呀？"岐王回答说："是个懂音乐的。"于是就让王维给公主独奏新曲。王维弹抚琵琶，音律优美，十分熟练，所有的客人都被他的琴声征服了。公主非常高兴，岐王趁机对公主说："此人不只擅长音律，他的诗作更好，简直没有人能超过他。"

公主觉得很惊奇，就问王维说："你有什么作品吗？可以让我看一看。"王维早有准备，从怀中拿出数卷诗献上。公主看过之后，连连赞叹说："这都是我曾经读过的，从前还以为是古人之作，原来就是你写的！"于是正式邀请王维坐在客人的行列中。王维很懂得礼节，而且说话风趣，客人们都很喜欢他。岐王见时机成熟了，便说："如果这个小伙子能在众多考生中得第一名，日后一定会成为国家的栋梁。"公主问："那为什么不叫他去应举？"岐王说："听说您已经嘱托过了，第一名不是要给那个张九皋吗？"公主笑着说："那是因为别人求情，哪是我要让张九皋得第一名的！"随即回头对王维说："你要取第一名的话，我一定全力举荐你。"就这样，王维得了第一名，一举登第。

过了两年，他又成了状元，当时只有21岁。

王维的诗作

王维的诗在唐代自成一派，影响久远，流传下来的有400多首。他的五言律诗和绝句都很有名。在他前半生的作品中，体现了积极的进取精神。他曾经随军队出征边疆的少数民族，他的《使至塞上》是边塞诗的代表作，其中"大漠孤烟直，长河落日圆"是著名的诗句，描写了奇特的塞外风光，画面开阔，意境深远，慷慨激昂，充满了浪漫主义的豪情。

在王维的后半生，经历了"安史之乱"，因此他这一时期的诗歌以描写田园山水景物、表达闲情逸致、宣扬隐士生活为主。王维的山水田园诗数量很多，艺术成就也很高，如他的《山居秋暝》：

空山新雨后，天气晚来秋。

明月松间照，清泉石上流。

竹喧归浣女，莲动下渔舟。

随意春芳歇，王孙自可留。

　　这首诗用细腻的笔触勾画出月照、泉流、竹喧、莲动等许多富有动感的事物，给我们描绘了一幅清新秀丽、优美和谐的秋雨之后的山色图。王维的山水田园诗细腻、传神、色彩鲜明如画，语言清新、含蓄而生动。他的诗把诗情和画意完美地结合起来，后人称赞他的诗是"诗中有画，画中有诗"。

诗仙李白

李白（701～762）

　　李白（701～762），字太白，号青莲居士，祖籍陇西成纪（今甘肃省天水县），生于中亚碎叶城（前苏联境内），5岁时随全家迁入四川境内，是唐代伟大的浪漫主义诗人。

　　李白被后人称为诗仙，他的诗现存900多首，内容丰富多彩，对后代产生过深远的影响。李白很擅长写古诗和绝句，他的乐府诗和散文也有很高的艺术成就。他的诗歌语言最大的特色表现为直率自然，音节和谐流畅，不加雕饰，散发着自由的气息。他的诗歌内容也很丰富，有的表现出他对腐朽政治的不满，有的表现了对劳动人民的同情，还有的是对祖国大好河山的赞美……李白的诗具有强烈的艺术感染力量，另一位大诗人杜甫评论他说："白也诗无敌。"可见李白在我国的文学史上具有极高的地位。

李白不畏权贵

　　李白一生的大部分时间都生活在唐玄宗时期。唐玄宗61岁那年，宠爱上了年轻漂亮的杨贵妃，杨贵妃有个哥哥叫做杨国忠，借着妹妹的光也当了一个大官。唐玄宗早就把政事交给了李林甫，杨国忠和李林甫相互勾结，狼狈为奸，把朝廷弄得乌烟瘴气。

杨贵妃是个少见的美人，而且生得聪明伶俐，还懂得音乐。唐玄宗自从有了杨贵妃以后，更是经常留在宫里寻欢作乐，连每天例行的早朝也懒得出了。他们每天饮酒作乐，少不了叫人奏奏音乐，唱唱歌曲，但是宫里原来的一些老歌词都听腻了，于是唐玄宗就想找人来给他填点新歌词。

有一个官员在唐玄宗面前说，长安新来了一个大诗人，名叫李白，是个天才，无论作诗还是写文章，都十分出色。唐玄宗也早就听到过李白的名声，就吩咐赶快通知李白进宫。

李白从小就喜欢读书，性格豪放，除读书之外，他还练得一手好剑。从20多岁起，为了增长见识，李白开始到各地游历。他不仅到过长安、洛阳、金陵、江都等许多城市，还到过洞庭、庐山、会稽等名山胜地。由于他见识广博，才智过人，因此他在诗歌创作上取得了杰出的成就。

李白是个有政治抱负的人，他生性高傲，对当时官场上的腐朽风气很不满意，希望得到朝廷任用，让他有机会施展政治上的才干。这一次到长安来，听说唐玄宗召见他，十分高兴。

唐玄宗接见了李白，和他谈了一阵，觉得他的确很有才华，高兴地说："你是个普通人，但你的名字连我都知道了。要不是有真才实学，怎么可能这样出名呢？"

于是唐玄宗就把李白留在翰林院，要他专门给自己起草诏书。

李白喜欢喝酒，喝起酒来，非得酩酊大醉才行。进了翰林院之后，他也改不了这个毛病，一到有空的时候，就找一些诗友到长安城的酒店里去喝酒。

有一次，唐玄宗叫乐工写了一支新曲子，还没填上歌词，就命令太监去找李白。太监们去了翰林院和李白的家里，都找不到李白。有人告诉他们说，李白上街喝酒去了。

太监们在长安街上找呀找呀，好不容易在酒店里找到李白，原来李白喝醉了，躺在那里睡着了。太监把他叫醒，李白揉揉眼睛，站起了身，问是怎么回事。太监们来不及跟他细说，七手八脚把李白拉进轿子，抬到宫里去了。

李白进了内宫，抬头一看是唐玄宗，想行朝拜礼，身子却不听使唤。太

监们见他醉得厉害，就拿了一盆凉水，洒在李白脸上，李白才渐渐清醒过来。

唐玄宗爱他的才，也不责怪他，只叫他马上把歌词写出来。

太监们忙着在李白面前的几案上放好笔砚，李白席地坐了下来，忽然觉得脚上还穿着靴子，很不舒服。他一眼看见身边有个年老的宦官，就伸长了腿，朝着那宦官说："请您帮我把靴子脱下来！"

那个老宦官原来是唐玄宗宠信的宦官头子高力士。他平时仗着皇帝的势力，在官员前作威作福，现在一个小小的翰林官居然命令他脱靴子，高力士简直气昏了。但是唐玄宗在旁边等着李白写歌词，如果得罪了李白，让唐玄宗扫了兴，也担当不起。他只好忍住气，装出满不在乎的样子，笑嘻嘻地说："唉，真是喝醉了酒，拿他没办法。"说着，就跪着给李白脱了靴子。

李白脱了靴子，连正眼也不看高力士，拿起笔来龙飞凤舞地写起来，没过多少时间，就写好了三首《清平调》的歌词交给唐玄宗。

唐玄宗反复吟诵了几遍，觉得文辞秀丽，节奏铿锵，确实是好诗，马上叫乐工演唱起来。

唐玄宗大大赏赐了李白，但是那个给李白脱过靴子的高力士却忌恨在心。有一次，高力士陪伴杨贵妃在御花园里赏玩景色。杨贵妃一时来了兴致，吟唱起李白的诗来。

高力士装作惊讶地说："哎呀，李白这小子在这些诗里侮辱了贵妃，您还不知道吗？"

杨贵妃奇怪地问是怎么回事。高力士就添枝加叶地造了一些谣言，说李白的诗里有一句话，把杨贵妃比做汉朝一个行为放荡的皇后赵飞燕，是有心讽刺她。

杨贵妃听信了高力士的话，真的生了气，就在唐玄宗面前一再讲李白怎么怎么不好，唐玄宗渐渐对李白也看不惯了。

李白终于看出在唐玄宗周围，都是一些像李林甫、高力士那样的趋炎附势的小人，自己留在唐玄宗身边，不过是帮他解闷散心，要想在政治上有所作为是不可能的。到了第二年春天，李白就上了一道奏章，请求辞官还家。唐玄宗顺水推舟批准了他的要求，为了表示他爱才，还赐给李白一笔钱，送他回家。

李白离开长安以后，重新过着自由自在的生活，继续他的游历生涯。

李白的作品

李白在游历的过程中，开拓了自己的眼界，增长了见识，写下了许多不朽的诗篇。

有一次，他从白帝城出发，乘船经过长江三峡，到江陵去。一路上，他即景生情，写下了一首诗：

> 朝辞白帝彩云间，
>
> 千里江陵一日还。
>
> 两岸猿声啼不住，
>
> 轻舟已过万重山。

这首《早发白帝城》表现了他豪放的气概、丰富的想象和热烈奔放的情感。

李白的诗现存 900 多首，内容丰富多彩，对后代产生了深远的影响。他的诗歌内容大体上可以分为三类：

第一类是反映社会现状，鲜明地表现了他对腐朽政治的不满和对封建权贵的蔑视。如他在《古风》诗中写道："王侯象星月，宾客如云烟。斗鸡金宫里，蹴鞠瑶台边。"揭露了统治阶级的腐朽生活。

而在《将进酒》中，他的"钟鼓馔玉不足贵"一句体现了诗人不贪恋荣华富贵的高尚品质。

在《丁都护歌》、《秋浦歌》等诗中，李白分别描绘了农民、船夫、矿工的生活，表现了对劳动人民的关怀和对人民疾苦的同情。

第二类是表现出个人理想和怀才不遇的情怀。如他在《上李邕》中把自己比做大鹏鸟，说："大鹏一日同风起，扶摇直上九万里。"抒发了自己的豪情壮志和开阔的胸襟，象征着自己崇高的政治理想。

在他的诗作中，也有表现出自己内心悲苦的内容，如他的"抽刀断水水更流，举杯消愁愁更愁"和《蜀道难》里的"蜀道之难，难于上青天"都表现出他对于在政治上的失落和心理上的不平衡。

第三类表现了他对祖国壮丽山川的赞美和对大自然的热爱。如《望庐山瀑布》中的"飞流直下三千尺，疑是银河落九天"和《将进酒》中的

"君不见黄河之水天上来，奔流到海不复回"等诗句，形象雄伟，气势磅礴，都是传诵千古的名句。

此外，李白歌唱友谊的诗篇也很有名，如《送孟浩然之广陵》和《赠汪伦》。"桃花潭水深千尺，不及汪伦送我情"是送别诗中的名句，描写了朋友之间深厚的友谊，具有强烈的艺术感染力。

李白的诗歌中大量采用夸张的手法和生动的比喻。如"白发三千丈，缘愁似个长"，刻画了他在长安政治活动失败后的忧思，表现出对世事的无奈。

李白的诗作中还善于运用想象的方式来表现内容，他的《蜀道难》和《梦游天姥吟留别》都借助了神话传说，构造出色彩缤纷、令人惊心动魄的境界，文笔生动，变化多端，热烈奔放。

李白在我国的文学史上具有极高的地位，他的诗作代表了我国文学史上浪漫主义的高峰，对后世有着极其深远的影响。他的浪漫主义精神、爱国主义精神和强烈的战斗精神一直为后人所崇敬和学习，后人把他尊为"诗仙"。

诗圣杜甫

杜甫（712～770）

杜甫（712～770），字子美，生于河南巩县，唐朝时期著名的诗人。由于他在长安时曾经住在城南少陵附近，自称少陵野老，他又曾做过工部员外郎，所以后世又称他为杜少陵、杜工部。

杜甫的诗作题材广泛，五言、七言、古体诗等都特别出色，形成了自己的独特风格。杜甫在我国诗歌发展史上所作出的贡献是巨大的，他对后世的影响也是深远的，被尊为"诗中圣哲"，号称"诗圣"，他同李白并称为"李杜"。

杜甫是现实主义诗人的杰出代表，他的诗有1400多首，反映了唐朝转折时期的社会政治经济逐渐衰弱的状况，表达了作者对社会的不满以及对社会的愿望，因此他的诗被称为"诗史"。

漂泊的一生

　　杜甫出生在一个没落的官僚家庭，从小就下苦功读书，并且游历了许多名山大川，写了不少优秀的诗歌。30多岁那年，他到长安参加进士考试。那时候正是奸臣李林甫掌权的时候，李林甫最嫉恨读书人，怕这些来自下层的读书人当了官，议论起朝政来，对自己不利，于是勾结考官，欺骗皇帝唐玄宗说这次应考的人考得很糟，没有一个够格的。唐玄宗正在奇怪，李林甫又上了一道祝贺的奏章，说这件事正说明皇帝圣明，有才能的人都已经得到任用，民间再没有遗留的贤才了。

　　那时候的读书人都把科举考试作为谋出路的途径，杜甫受到这样的挫折，特别懊丧。他在长安过着贫穷愁苦的生活，亲眼看到富贵人家的豪华奢侈和穷人受冻挨饿的凄惨情景，就怀着悲愤的心情，用诗歌控诉这种不公平的现象。"朱门酒肉臭，路有冻死骨"，就是他写下的不朽诗句。

　　杜甫在长安待了十年，唐玄宗刚刚封了他一个官职，安史之乱就爆发了，长安一带的百姓纷纷逃难。杜甫一家也挤在难民的行列里，历尽了千辛万苦，好容易找到一个农村，把家安顿下来。正在这时候，他听到唐肃宗在灵武即位的消息，就离开家投奔肃宗，哪想到在半路上碰到叛军，被抓到长安。

杜 甫

　　长安已经陷落在叛军手里，叛军到处烧杀抢掠，宫殿和民房在大火中熊熊燃烧。唐王朝的官员，有的投降了，有的被叛军解送到洛阳去。杜甫被抓到长安以后，叛军的头目看他不像什么大官，就把他放了。

　　第二年，杜甫从长安逃了出来，打听到唐肃宗已经到了凤翔，就赶到凤翔去见肃宗。那时候，杜甫已经穷得连一套像样的衣服都没有了，身上披的是一件露出手肘的破大褂，脚上穿的是一双旧麻鞋。唐肃宗对杜甫长

杜甫草堂

途跋涉投奔朝廷表示赞赏，派给他一个左拾遗的官职。左拾遗是个谏官，唐肃宗虽然给了杜甫这个官职，可并没重用他的意思，而杜甫却认真地办起事来。过了不久，宰相房琯被唐肃宗撤了，杜甫认为房琯很有才能，不该把他罢免，就上了奏章向肃宗进谏。这一来，得罪了肃宗，亏得有人在唐肃宗面前说了好话，才把他派到华州做了个管理学校工作和祭祀的小官。

第二年，杜甫辞去了华州的官职。接着，关中闹了一场大旱灾，杜甫在那里穷得过不下去，只好带了全家流亡到成都。依靠朋友的帮助，他在成都西郊的浣花溪边，造了一座草堂，在那里过了将近四年的隐居生活。后来，因为他的朋友死去，杜甫在成都没有依靠，又带了全家向东流亡。770年，他因贫困和疾病，死在湘江的一条小船上。

杜甫死后，人们为了纪念这位伟大的诗人，把他在成都住过的地方保存起来，这就是有名的"杜甫草堂"。

《石壕吏》

杜甫在华州任职的时候，长安、洛阳虽然被官军收复了，但是叛军还没有完全被消灭，战争还很激烈。军队到处拉壮丁补充兵力，把百姓折腾得没法生活。有一天，杜甫外出经过石壕村，当时天色已经很晚了。他到一户穷苦人家去借宿，一对老夫妻接待了他。

半夜里，正当杜甫翻来覆去睡不着觉的时候，忽然响起了一阵急促的敲门声。杜甫在房里静静地听着，只听到隔壁那个老头翻过后墙逃走了，老婆婆一面答应，一面去开门。进屋的是官府派来抓壮丁的差役，他们厉声吆喝着，问老婆婆说："你家男人到哪里去了？"

老婆婆带着哭声说："我的三个儿子都上邺城打仗去了，前两天刚接到一个儿子来信，说两个兄弟都已经死在战场上。家里除了我一个老婆子，就只有一个儿媳和吃奶的孙儿，你们还要什么人？"

老婆婆讲了许多哀求的话，可差役还是不肯罢休。老婆婆没有法子，只好到军营去做苦役。

《石壕吏》

天亮了，杜甫离开那家的时候，送别的只有老头一个人了。

杜甫亲眼看到这种凄惨的情景，心里很不平静，就把这件事写成诗歌，叫《石壕吏》。他在华州的时候，前后一共写过六首这样的诗，合起来叫做"三吏三别"，"三吏"包括《石壕吏》、《潼关吏》、《新安吏》，"三别"包括《新婚别》、《垂老别》、《无家别》。

杜甫一生都生活在动荡之中，他亲眼目睹了许多不公平的社会现象，他所创作的诗歌大多是描写安史之乱中人民的苦难，反映了唐王朝从兴盛到衰落的过程，所以，人们把他的诗称作"诗史"。

孟郊与《游子吟》

孟郊（751～814）

孟郊（751～814），字东野，湖州武康（今浙江德清）人，唐代诗人。他早年生活贫困，曾漫游湖北、湖南、广西等地，多次考试不中，直到46岁那年才在朝廷中做了官，64岁时贫病而死。孟郊性格耿直，不肯同世俗同流合污，所以他的一生穷困潦倒，在仕途上也很不得意。

孟郊的诗以五言诗见长，他的诗不蹈袭前人，而是擅长用朴实的手法表现出深沉的内容。他的著名代表作是反映人伦之情和骨肉亲情的《游子吟》，这首诗描写细腻，感情真挚，很具其诗歌的特色。

慈母手中线，
游子身上衣。
临行密密缝，
意恐迟迟归。
谁言寸草心，
报得三春晖。

这就是孟郊的《游子吟》。游子，是指远游在外的人；吟，是诗歌的一种名称；寸草，比喻非常微小，在这里指的是子女；三春指春天里的孟春、仲春、季春；晖，阳光，形容母爱就像春天和煦的阳光一样。这首诗的意思是慈祥的母亲在孩子即将远行的时候，忍着内心的悲伤，一针一线为他缝制衣服，生怕孩子受冻着凉，又担心他不知何年何月才能回来相聚，母亲这份慈爱与关切，我们做孩子的微小心意怎么能报答得了啊！

这是一首亲切诚挚的母爱颂歌。开头两句"慈母手中线，游子身上衣"，用"线"和"衣"两件极常见的东西将"慈母"与"游子"紧紧联系在一起，写出了母子相依为命的骨肉亲情。第三四句"临行密密缝，意恐迟迟归"，通过慈母为游子赶制出门衣服的动作和心理的刻画，深化了这种骨肉之情。母亲千针万线"密密缝"是因为怕儿子"迟迟"难归，伟大的母爱正是通过日常生活中的细节自然地流露出来。前面四句采用白描手法，没有做什么修饰，但慈母的形象真切感人。

最后两句"谁言寸草心，报得三春晖"，是作者直接抒发出了自己的情感，对母爱尽情地讴歌——儿女像区区小草，母爱却如春天的阳光。儿女怎么回报得了母亲博大无私的爱呢？鲜明的对比、形象的比喻，寄托着赤子对慈母无尽的热爱。

母亲呵护子女，关爱子女，完全是出自天性，并且毫无保留，毫无怨言。《游子吟》里的慈母，把自己的爱心与期盼，完全溶入一针一线里，让人读了好像一股暖流通过心底。在这短短的六句诗里，作者把母性的光辉表现得淋漓尽致。这首诗因为形象地歌颂了人世间平凡而伟大的母爱，所以一直被人们所喜爱。诗的内容朴实真挚，反映了很深远的意境。后代文学家苏轼评论孟郊的《游子吟》是："诗从肺腑出，出辄愁肺腑。"认为孟郊是一个敢于表达自己的真实情感的诗人，他的诗是出自肺腑的，因为情真才能感人，才能引起共鸣。

孟郊和唐朝的另一位诗人贾岛是苦吟诗的代表人物。苦吟诗指的是很注重词句的雕琢和语言的运用，并且多是反映自己悲苦的现状和内心郁闷的内容。他们二人合称"郊寒岛瘦"，"两句三年得，一吟双泪流"，反映了他们辛苦作诗的状态。

韩　愈

韩愈（768～824）

韩愈（768～824），字退之，河南河阳（今孟县）人，祖籍郡望昌黎，因此世称韩昌黎，是唐代著名的文学家、哲学家。他一生在政治、哲学、文学方面都很有成就，而在文学方面的成就最大。他对中国古代文学最突出的贡献是倡导了唐代的古文运动。他提出要"言之有物"，也就是说认为文章的内容是主要的，反对华而不实的写作形式。他的观点对后世的影响很大，被尊为"唐宋八大家"之一。韩愈的文章讲究条理，力求新奇，都收在《昌黎先生集》里。

可贵的自信

韩愈很小的时候父母就去世了，全靠哥哥和嫂子抚养他。有一次，韩愈的哥哥韩会因为替一个要被杀头的下属说了几句话，就被朝廷贬了官。这一年，韩愈只有10岁，他和哥嫂一起搬出了长安。没过两年，哥哥又病死了。韩愈只好和嫂子一起生活。韩愈的嫂子心地善良，她并不因为韩愈的父母和哥哥都不在了就不管韩愈，相反她更加精心地照顾韩愈，把他当做自己的亲弟弟。她还是个很有知识的女性，常常教给韩愈一些做人的道理，希望韩愈长大之后能有出息。

韩愈是个很有志气的人，他从小就努力读书，20多岁的时候，他就到长安参加科举考试。他第一次考试的时候，主考官叫做陆贽，他出的考试题目是《不迁怒,不二过论》,要求考生们写一篇论文。韩愈经过精心的构思,写出了洋洋洒洒的几千字,他自信考得不错,可是没想到主考官陆贽并不喜欢韩愈的论文,所以这一次韩愈没有考中。

但是韩愈并不灰心,回家以后,他继续努力苦读,两年之后,他又参加了考试。这一次主考官还是陆贽,试卷的题目竟然也和上次一模一样,怎么办?是另写一篇还是坚持自己上一次的论文?韩愈想了一会儿,按自己上一次所作的文章重新写了一遍。回到家里,他把这件事告诉了嫂子,嫂子很担心,对他说:"你怎么也不知道灵活变通一下呢?上一次都没有被考官录取,我想这一次恐怕也不会被录取了。"说完,连声叹气。

再说考官陆贽在批阅卷子的过程中,忽然发现韩愈的文章很熟悉,这才想起自己两年前在批阅的时候看过这篇文章。这回他仔细读了几遍,读到第三遍的时候,不禁脱口而出:"妙啊,真是太妙了!"于是,在这一次考试中,韩愈考取了第一名的好成绩,成了进士。

韩愈的自信心是十分可贵的,"只要是金子,就会发光",他坚持自己的见解,只要自己认为是对的,就不懈地坚持下去,最终得到了好的回报。这种自信的精神值得我们学习。

提倡古文运动

韩愈在中国文学史上占有重要的地位,他不仅是古文运动的倡导者,而且也是杰出的古文家。当时,许多文人做文章只注重形式,华而不实,内容非常空洞,而且语言十分生硬,一点都不自然。韩愈很不满意文坛的这种风气,于是提出了自己的新主张:

一、他提倡文章要学习先秦两汉古文的形式,提倡不拘形式、内容质朴的散文,还认为应广泛学习庄子、屈原、司马迁的文章,把他们看做是写作文章的典范。

二、主张学习古文还要注重创新,除去一些陈词滥调,讲求语言的流畅和简洁。

韩愈提倡文章要言之有物,就是说文章必须要有实际内容。在他的倡导下,古文运动产生了广泛的影响,许多人都来向他请教如何做文章,古文运动逐渐成为文坛的新风尚。

韩愈的文章条理通顺，语言简练，寓意深刻。其中，《师说》、《马说》、《原道》等作品都是公认的名篇，对后代散文创作起到了很好的推动作用。

《师说》是韩愈的一篇著名的散文。当时人们不愿意跟从老师学习，认为这是一种羞耻，韩愈就写了《师说》来批判这种风气。他认为"学习没有贵贱老少的分别，道理所在就是老师所在"，

《师说》

"圣人善于向各种人学习"，而且"从来不把向老师学习当做一种耻辱"，他的这种观点对后世产生了深远的影响。

《马说》是韩愈的不平之作，这是一篇文学价值很高的文章，韩愈在这里借助马的不幸遭遇展开了议论，抒发了自己怀才不遇的情怀。文章里面说"世有伯乐，然后有千里马。千里马常有，而伯乐不常有"。伯乐是人们对能识别出千里马的人的称呼。韩愈的意思是说千里马可以常常遇到，可是伯乐却不一定能遇到，比喻有才能的人却得不到施展的机会，揭露了当时社会中权贵把持着政权，有才能的人受压制而得不到重用的现实，反映了政治的黑暗，抒发了自己心中的不平。

刘禹锡与《陋室铭》

刘禹锡（772~842）

刘禹锡（772~842），字梦得，世称"刘宾客"，洛阳（今属河南）人，唐代著名的文学家、哲学家、政治家，有"诗豪"之称。他的一些诗歌是在广泛接触南方人民的生活、吸取了朴素生动的民歌精华的基础上创作的，因此具有清新活泼、健康开朗的显著特色，语言简朴生动，情调独具一格。他的代表作有《乌衣巷》、《秋词》、《竹枝词》等。他和柳宗元的友情很深，人称"刘柳"；晚年与白居易的诗唱和很多，并称"刘白"。刘

禹锡的重要哲学著作有《天论》三篇，提出"天与人交相胜"、"还相用"的学说，反映了思想的进步。《陋室铭》是刘禹锡的代表作，表达了中国古代知识分子清高、洁身自好的高贵品质，是一篇流传千古的名作。

刘禹锡是唐代著名的大诗人，因为参加政治革新运动而得罪了当朝权贵，被降职到安徽的和州当官。

按照当时的规定，刘禹锡应该住在衙门的三间屋子中，可是，和州知县是个势利小人，他知道刘禹锡是被贬官的，很瞧不起他，总是想方设法刁难他，把他安排到县城南门的一个房子里。这座房子在江水旁边，刘禹锡见房子面对大江，不但没有埋怨，反而很高兴，还写了一副对联贴在房门上：

> 面对大江观白帆，
> 身在和州思争辩。

这个举动气坏了知县，他说："我看要是不给刘禹锡来个下马威，他是不会知道我的厉害，再给他搬个家，把他的房子缩小一半，看他还有没有劲争辩！"

于是他命令手下把刘禹锡的住所由城南门调到城北门，房子从三间缩小到一间半。这回住在德胜河边，环境也不错。刘禹锡还是没有计较，依然心平气和地读书做文章。他触景生情，又写了一副对联：

> 杨柳青青江水边，
> 人在历阳心在京。

知县看见刘禹锡仍是悠然自得，更加生气了，又把刘禹锡的房子再度调到城中，而且只给一间仅能容下一床一桌一椅的房子。半年时间，连搬三次家，而且住房一次比一次小，最后竟然变成斗室了，刘禹锡觉得这狗官实在是欺人太甚了，于是愤然提笔写下了《陋室铭》一文，并请人刻于石头上，立在门前：

> 山不在高，有仙则名。水不在深，有龙则灵。斯是陋室，惟吾德馨。苔痕上阶绿，草色入帘青。谈笑有鸿儒，往来无白丁。可以调素琴，阅金经。无丝竹之乱耳，无案牍之劳形。南阳诸葛庐，西蜀子云亭。孔子云："何陋之有？"

这篇文章翻译过来的意思是：山不一定要高，有仙人住着就能天下闻名。水不一定要深，有龙盘踞就能降福显灵。这虽然是一间很简陋的房子，可是主人却有着美好的德行。苔藓给阶前铺上绿毯，芳草把屋内映得碧青。谈笑的是学识渊博的学者，往来的没有浅薄粗俗的人。可以弹奏素朴的古琴，浏览珍贵的佛经。没有嘈杂的音乐扰乱两耳，没有官府的公文劳累身心。南阳诸葛亮的茅庐和西蜀子云的亭子都很简朴。正如圣人孔子说的那样：虽然是陋室，但只要是君子住在里面又有什么简陋的呢？

《陋室铭》是一篇流传千古的名篇。这篇文章只有81个字，里面有人，有事，有比喻，有引用，语言清新，意境丰富，引人入胜，表现了我国古代知识分子们清高和洁身自好的高贵品质。

《陋室铭》告诫人们：外在的条件和环境的影响都不是最重要的，而内在的心灵美才是第一位的，只要注重自身的修养，不断地充实自己，不管住在什么地方都能有所成就。这篇文章体现了作者作为一个文人的自豪感和不屈不挠的斗争精神。

《陋室铭》

白居易

白居易（772～846）

白居易（772～846），字乐天，号香山居士、醉吟先生。祖籍山西太原，后迁居下邽（今陕西渭南北），是唐代伟大的现实主义诗人，有“诗魔”、“诗王”之称。白居易与李白、杜甫并称为唐代的三大诗人。他的诗深入浅出，通俗易懂，所以流传很广。诗的内容除了状物抒情外，大部分都是讽刺封建统治，描述社会的不公平现象，表达心中的不满。

白居易的诗现存有近3000首，可以说是唐朝诗人中作诗最多的一位。其中《琵琶行》、《长恨歌》、《卖炭翁》、《忆江南》、《赋得古原草送别》、《暮江吟》等许多名篇都被人们传诵着，对后世产生了深远的影响。

白居易入长安

白居易自小聪明，生下来刚六七个月，就能辨认"之"、"无"两个字了，五六岁时就开始学写诗。在他16岁那年，父亲让他到京城长安去见见世面，结交名人。

那时候，许多地方发生了叛乱，长安也遭到很大的破坏，到处闹粮荒，米价飞涨，老百姓的日子很不好过。

当时，长安有一个文学家名叫顾况，很有才气，许多人都曾拜访过他。白居易听到顾况的名气，也带了自己的诗稿，到顾况家去请教。

当时顾况正在读书，听说有人来求见，以为是老朋友，就吩咐请进，谁知进来的却是一个风度翩翩的少年。白居易拜见了顾况之后，恭恭敬敬地对顾况说："学生久仰您的大名，今天特来拜访您，希望您能给学生指点一二。"说着递上了自己的名帖和诗作。

顾况看到白居易文质彬彬的样子，心里就有了几分喜欢，又拿起了名帖，看到"居易"两个字，打趣说："近来长安米价很贵，只怕居住很不容易呢！"

白居易听了这番话，心里很惶恐，以为顾况不喜欢自己的作品，觉得很茫然，只好一言不发地站在一旁等候求教。顾况拿起白居易的诗卷随手翻着，他的手忽然停了下来，眼睛盯着诗卷，轻轻地吟诵起来："离离原上草，一岁一枯荣。野火烧不尽，春风吹又生……"

读到这里，顾况的脸上显露出很兴奋的神色，站起身紧紧拉住白居易的手，热情地说："真是好诗，没想到你小小的年纪，竟然能作出这么好的诗，将来一定会前途无量啊！"

打这以后，顾况十分欣赏白居易的诗才，逢人就夸白居易小小年纪就能写出好诗，这样一传十，十传百，白居易渐渐地在长安出了名。没过几年，他就考取了进士，被皇帝唐宪宗提拔为朝中的官员。

白居易做了官以后，接触到朝廷中的许多不公平的黑暗现象，觉得很不满意，他在唐宪宗面前多次直谏，提了很多中肯的意见，可也得罪了不少人。这些人联合起来，在皇帝面前说了白居易许多坏话，弄得皇帝也渐渐不再信任他了，降了他的官职，把他贬为江州司马。

江州司马与《琵琶行》

白居易到了江州之后，心情很郁闷。有一天晚上，他在江州的一个港口上送客人，听到江上传来一阵哀怨的琵琶声，叫人一打听，原来是一个漂泊江湖的老年歌女弹的。白居易让那个歌女为自己和朋友弹唱，了解了歌女的可悲身世，十分同情她，再联想到自己的遭遇，觉得很悲愤。回去之后，写下了著名的叙事长诗《琵琶行》。

《琵琶行》以现实主义的笔调，反映了琵琶歌女的不幸遭遇。其中"同是天涯沦落人，相逢何必曾相识"一句表现了作者对封建社会妇女悲惨命运的同情，同时也抒发了作者对自己在政治上所遭受的打击的不满。

"别有幽愁暗恨生，此时无声胜有声"、"门前冷落鞍马稀，老大嫁作商人妇"这些都是流传千古的名句。其中对琵琶弹唱的描写出神入化，优美动听，也是一篇表现音乐的佳作。

"座中泣下谁最多？江州司马青衫湿。"在文章中，白居易流下了眼泪，这是同情的泪，表现了诗人对被压在社会最下层的妇女的理解和同情；这也是伤感的泪，是对自己命运不公平的叹息。

《琵琶行》将叙事和抒情融为一体，具有深沉的感染力量。全诗情节曲折，层次分明，语言和谐流畅，是思想性和艺术性高度结合

《琵琶行》

的典范，受到了中国甚至是全世界人民的喜爱。

伟大的现实主义诗人

白居易描写景物的诗作十分有名，常常能用简洁的语言描述出清新怡人的景物来。他曾经在杭州做官，常去白沙堤、孤山一带游玩，因此写下了许多著名的山水诗。有一次，白居易和友人一起去喝酒，回家时沿着河堤散步，不觉诗兴勃勃，当即吟成一首七律诗《钱塘湖春行》：

孤山寺北贾亭西，水面初平云脚低。

几处早莺争暖树，谁家新燕啄春泥。

乱花渐欲迷人眼，浅草才能没马蹄。

我爱湖东行不足，绿杨荫里白沙堤。

这时，有一个妇女正提着篮子经过，白居易就走上前去，对她说："大嫂，我刚才作了一首诗，念给你听听好不好？"于是就把这首诗念了一遍。那个妇女听了说："这诗很好啊！不过白沙堤不只你一个人爱，我们杭州人都爱这堤呢。你不如把'我'字改成'最'字吧，这样，就吟出了许多人的心声了。"

白居易听了特别高兴，连连说："大嫂，你说得对，改得好，真要谢谢你了！"

后来，那个妇女一打听，才知道这人就是白居易，逢人就讲："白居易的诗，我也改过，他还谢我哩！"一时被杭州人传为美谈。

白居易的诗还有许多是反映现实的，像《秦中吟》和《新乐府》等，这些诗篇有的揭露了当官的人仗势欺压百姓的罪恶，有的讽刺官僚们穷奢极侈的豪华生活，有的反映了劳动人民的痛苦遭遇。在白居易的《红线毯》一诗中有这样几句："宣城太守知不知？一丈毯，千两丝！地不知寒人要暖，少夺人衣作地衣。"当时宣城的红丝线质量很好，织染手艺也很高，于是宣城太守每年都大量地从百姓手中掠夺丝线，并花费许多的人力和物力织成红地毯送到宫中，以博取皇帝的欢心。可是宣城有许多百姓连衣服都穿不上，穷困潦倒的样子让人心酸。白居易看了这种现象很痛心，就写了

这首《红线毯》，批判太守不顾百姓死活的恶劣行为。

　　白居易创作的态度很认真，据说他写完一首诗，总要先念给不识字的老婆婆听，如果有听不懂的地方，他就修改，一直到能使老婆婆听懂为止。

　　白居易是唐朝时期伟大的现实主义诗人，他的诗为唐代诗歌的繁荣作出了不可磨灭的贡献，有许多不仅在国内广为传诵，还流传到了国外。

柳宗元

柳宗元（773～819）

　　柳宗元（773～819），字子厚，河东（今山西永济）人，世称柳河东，唐代著名的文学家和哲学家，"唐宋八大家"之一，因为官至柳州刺史，又称柳柳州。他的一生创作丰富，在议论文、传记、寓言、游记方面都很有成就。

　　柳宗元是中国文学史上杰出的散文家，是写山水游记的高手，在文学史上享有很高的声誉。他的"永州八记"是山水游记的杰出作品，《小石潭记》和《江雪》都是山水作中的名篇。

　　柳宗元和韩愈都是唐代"古文运动"的倡导者。柳宗元的散文与韩愈齐名，世称"韩柳"。他一生留下了600多篇作品，大多是具有丰富的现实内容的珍品。

正直的年轻人

　　柳宗元很小就随着做官的父亲柳镇走南闯北，见了不少世面。16岁那年，他随父亲回到长安，已经是一个有远大志向的青年了，他决心靠自己的本事创一番事业。

　　有一年，朝廷举行了例行的考试。唐德宗在审阅录取名单的时候，发

现了柳宗元的名字，就问主考官，是不是柳镇的儿子。

"正是。"主考官回答。

唐德宗点头说道："这很好。柳镇很正派，我知道他不会为自己的儿子求人情的，我想他的儿子将来也一定会是一个正直的人。"

柳宗元做了官以后，对国家大事提出了很多有益的见解，并且忠于职守，主持正义，一些正直的官员都愿意和他来往。后来，他认识了韩愈，两个人成了好朋友。韩愈比柳宗元大五岁，是"古文运动"的倡导者。柳宗元非常支持韩愈的主张，也主张学习先秦两汉的散文，反对死板的文章形式。他对大家说："写文章，内容要好，文辞也要动人，缺一不可。内容好，可缺乏文采，没人爱看。同样，只追求文辞优美，可内容空洞，不敢表扬好的，也不敢贬斥坏的，也算不上好文章。"

就这样，在韩愈和柳宗元的带领下，古文运动蓬勃地发展起来。

待人真诚的柳宗元

当时有个大臣叫做王叔文，他主张针对朝中的政事实行改革，可是他的改革触怒了一批宦官和王侯的利益，遭到了他们的忌恨。到了唐宪宗即位时，宦官都纷纷攻击王叔文。宪宗听信了他们的话，于是下了诏书，把原来支持王叔文改革的八个官员，都看做是王叔文的同党，派到边远地方当司马（官名）。历史上把他们和王叔文、王侍合称为"二王八司马"。

"八司马"当中，有两个是有名的文学家，他们就是刘禹锡和柳宗元，两个人是很要好的朋友。这一回，柳宗元被派到永州，刘禹锡被派到朗州。永州和朗州距离长安很远，属于偏僻落后的地区，要是换了一些想不开的人，心情是够难受的。幸好他们都是很有修养的人，相信自己的行为是正直的，所以并不懊丧。到了那里，他们除了办公以外，常常游览山水，写写诗文。在他们的诗文中，抒发了自己的政治抱负，也反映了一些人民的疾苦。

刘禹锡和柳宗元在外地一住就是 10 年，朝中一些大臣想起了他们，认为他们有那么好的才干却不能为朝廷效力实在是可惜了，于是就在唐宪宗面前说了一些好话，请求让他们回来，唐宪宗就把他们调回了京城。可是，

另外一些嫉恨他们的大臣却又在皇帝的耳边说起他们的坏话来，这个说："皇上，他们心里一直是痛恨您的，您可不应当把他们留在身边啊！"那个说："皇上，他们的野心很大，您一定要多加提防啊！"于是，唐宪宗再一次听了他们的谗言，没过多久又把柳宗元和刘禹锡派到更远的地方了。

这一回，柳宗元被派到柳州做刺史，而刘禹锡被派到播州做刺史，离京城更远了。刘禹锡家里有个老母亲，已经80多岁了，需要人伺候，如果跟着刘禹锡一起到播州，一定受不了路途遥远的苦，刘禹锡很为难。柳宗元决心帮助好朋友，于是他连夜写了一道奏章，请求把派给他柳州的官职跟刘禹锡对调，让他到播州去。柳宗元言辞恳切，连唐宪宗也感动了，答应把刘禹锡改派为连州刺史。

柳宗元待人真诚，宁肯牺牲自己的利益来帮助朋友，他的高尚品格一直为人们所称赞。

《捕蛇者说》

柳宗元在永州做官的时候，常常到处游览，一有机会就接触劳动人民，了解他们的生活状况。

当时的永州是一个人烟稀少、荒凉偏僻的地方，但是，这里的百姓年年都要交很多的租税。有一天，在一条山路上，柳宗元看见一个衣着破烂的男人，手拿木棍在草丛里拨弄着什么，就上前问道：

"老乡，你在找什么呀？"

"蛇。"那人回答。

"找蛇做什么用啊？"柳宗元奇怪地问。

那人就一五一十地说起来。原来，永州郊外有一种毒蛇，黑色的身子，身上还有许多白色的花纹。这种蛇可毒了，谁叫它咬了，准得死。可如果把它捉住了，晒干后可以做成一种特别贵重的药，能治不少难治的病。朝廷为了得到这种蛇来做药，规定凡是一年里交两次蛇的人，就可以免征他的租税。因此，不少永州百姓都冒着生命危险去捉这种蛇。

"你贵姓啊？"柳宗元听后问。

"姓蒋。"那人回答。

“你家一直以捉蛇为业吗？”

“是啊，从我爷爷起已经干了三代了。”

“捉毒蛇不是十分危险的事吗？”

听柳宗元这么一问，那男人忍不住流下了眼泪，又诉说起来：

“这是豁着性命在干啊！我爷爷是给毒蛇咬死的，我爹也是给毒蛇咬死的。我现在又接着捉，已经好几次差点叫毒蛇咬死，不知哪天我也会……”

柳宗元听了很心酸，对他说：“我帮你说说情，不叫你干这种捉毒蛇的差事，恢复你应交纳的赋税，你看好吗？”

想不到那人更伤心了，流着眼泪说：

“您可千万别去说这个情啊！”

“这是为什么呢？”柳宗元不解地问。

“这些年，乡邻们为了交纳租税，往往把地里打下的粮食全交了，也还不够，只得到处讨饭，常有饿死在路上的。从前跟我爷爷一起居住的人家，到现在十家还剩不下一家了，只要我按规定每年献上两次蛇，就不用交纳租税了，日子倒还过得去。您想想，捉毒蛇虽然有危险，可总不像我的乡邻那样天天为交纳租税担惊受怕吧！”

柳宗元想：这租税比毒蛇还厉害呀！他把这件事记了下来，这就是著名的散文《捕蛇者说》。文章揭露了繁重的租税带给人民的苦难，向统治者提出了强烈的控诉。

诗鬼李贺

李贺（790～816）

李贺（790～816），字长吉，福昌（今河南宜阳）人，祖籍陇西，自称“陇西长吉”。他是唐朝宗室的后代，但是家族早已没落，家境贫困，只做过一个很小的官。李贺是唐朝时期著名的浪漫主义诗人，他才华出众，写下了许多想象奇特、思维奇谲、辞采奇丽的诗篇。可惜他身体很不好，只

活了 27 岁就死了。后人用"长吉鬼才"来赞颂他的文采，所以李贺又被称为"诗鬼"。

李贺从小聪慧好学，据说他在 7 岁的时候就会作诗。当时，大文学家韩愈和皇甫湜不相信，他们说："如果李贺是古代的人，我们还有可能不知道他；如果他就在当世，我们怎么会没听过他的名声呢？"于是，两个人骑着马来到李贺家，有个头梳抓角的小孩出来迎接他们，他就是李贺。韩愈和皇甫湜见他这么小，就对他说："小家伙，听说你文采过人，能给我们作一首诗吗？"韩愈和皇甫湜都是当时特别著名的大文人，李贺很高兴他们能亲自来看自己，于是便胸有成竹地说："没问题！"只过了一会儿，他就吟出了一首《高轩过》，诗中赞扬了韩愈和皇甫湜的文采出神入化，并说自己长大以后也要像他们两个人一样成为著名的文学家。这首诗想象丰富，气势雄伟，韩愈和皇甫湜听了赞不绝口。从此，许多人都知道了李贺这个小小年纪就会作诗的孩子。

李贺长大以后，才华出众，思维敏捷。他十分热爱写作，每天，当太阳刚刚从东方升起，许多人还在梦中的时候，李贺就骑上一匹瘦马，带着书童，背着一个破锦囊，离开家四处出游了。一路上，他仔细观察周围的人和事，每当有一点点灵感的时候，就立即记在纸上，投入锦囊之中。晚上归来的时候，常常要先把白天记在纸片上的字句整理成文，投入另一个囊中之后才能想起来吃饭，天天如此，从不间断。母亲看到这种情景，心疼地说："这孩子是非要呕出心来不可啊！"

由于李贺生活在唐朝转向衰落的时期，当时宦官专权，朝政很腐败，许多有能力的人都得不到重用，所以李贺所写的诗大多是慨叹生不逢时和内心的苦闷，以及抒发对理想和抱负的追求。

李贺的诗具有与众不同的独特风格。他的诗常常喜欢借用古代的神话传说，想象力非常丰富，即使是描述日常生活中的事物，也喜欢用联想和夸张的方式表现出来。他承袭了屈原的浪漫主义传统，作品具有强烈的浪漫主义色彩。如《雁门太守行》中有这样的诗句："黑云压城城欲摧，甲光向日金鳞开。"这首诗歌颂了边塞将士为维护国家统一而进行的激烈战斗，反映了将士以身报国、视死如归的决心，而这两句诗使用了黑、金重色，通过夸张的方式生动地描绘出战地的图景，使人读过之后，犹如身临其境。

李贺的诗常用鬼、泣、死、血等字，使人感到阴森可怖。又因为他呕心沥血地从事创作，严重地损害了身心健康，只活了 27 岁就去世了，所以被后世人称为"诗鬼"。

杜 牧

杜牧（803～853）

杜牧（803～853），字牧之，京兆万年（今陕西西安）人，晚唐时期著名的文学家。他 26 岁中进士，一直在朝中做官，直到 51 岁去世。杜牧很有抱负，但他为人正直，所以在官场中得罪了不少人，只有通过写作来抒发心中的不满，因此他的作品具有很强的讽刺意义。杜牧的诗、赋都很有名，他的《阿房宫赋》是一篇著名的讽刺文章，对后世有着深远的影响。

杜牧的一生有很多诗作，著有《樊川文集》，可是有许多诗在他生前就被他烧掉了，只留下了大约十之三四。其中《清明》、《赤壁》、《山行》、《泊秦淮》、《江南春绝句》、《过华清宫绝句》等都是流传千古的名诗。

杜牧的写景和抒情的小诗清丽生动，短短几句就能勾勒出优美的图画。他的诗在晚唐诗人中成就很高，后人称杜甫为"老杜"，称杜牧为"小杜"。

《泊秦淮》

唐朝时期的建康是六朝时的都城，秦淮河从城中穿过，流入长江，两岸有许多酒家，是当时豪门贵族、官僚士大夫享乐游宴的地方。杜牧有一次游秦淮时，在船上听见歌女唱《玉树后庭花》，歌声放荡，不禁想起了当年长期沉迷于委靡的生活，不理朝政，终于丢了江山的陈后主。如今陈朝虽然灭亡了，可是这种靡靡的音乐却流传下来，还在秦淮歌女中传唱，杜

牧觉得非常感慨，于是作了一首《泊秦淮》：

> 烟笼寒水月笼沙，夜泊秦淮近酒家。
> 商女不知亡国恨，隔江犹唱后庭花。

这首诗一开始描写了秦淮美丽的景色：如烟的水汽笼罩在秦淮河上，月光映照着江边的沙岸。宁静的夜里把船停在岸边，靠近酒家。正在这时，从江对岸传来歌声，原来是不知亡国之恨的歌女在唱《玉树后庭花》。杜牧通过这首诗讽刺了上层社会中的人整日只知道饮酒作乐，却不以国事为重的现象，寄托了对国家命运的担忧之情。

《阿房宫赋》

杜牧生活在内忧外患日益加深的晚唐时期，从青年时代起就关心国事，抱有挽救危亡、恢复唐王朝繁荣昌盛的理想。当时，唐敬宗即位之后，造了许多宫殿，召了许多歌女在宫中轻歌曼舞，一同饮酒作乐，这种腐化的生活令杜牧觉得十分愤慨。在他23岁那年，他创作了《阿房宫赋》。

这篇赋一开始以夸张的手法描述了阿房宫的宏伟壮丽，描写了宫中豪华的生活。可是为了建造阿房宫，秦朝的统治者不顾人民的死活，花费了大量的人力和物力，可以说，阿房宫是用人民的血和泪建成的。广大的人民最终不堪压迫，纷纷起来反抗，烧掉了阿房宫，秦朝最终也落了个灭亡的下场。

这篇赋通过对历史的回顾，告诫当朝的统治者：秦朝的滥用民力，导致了亡国，如果唐代的统治者不能引以为戒的话，恐怕也要离灭亡不远了。

《阿房宫赋》是一篇将叙事、议论和抒情结合起来的作品，它的主旨是给本朝的统治者敲警钟，因此具有很深的现实意义。

《过华清宫绝句》

《过华清宫绝句》是杜牧的又一首讽刺诗。传说唐玄宗的爱妃杨贵妃最喜欢吃荔枝，而且要吃新鲜的。唐玄宗为了博得杨贵妃的欢心，就命令手下从南方把荔枝快马运到长安来。可是两地之间路途遥远，荔枝经过长途的运输一定会腐烂。为了保证荔枝的新鲜，唐玄宗就命令在沿途特设了一个个驿站，要求骑手们飞骑传送。骑手骑着快马夜以继日地赶路，马也一点都得不到休息，常常是到了一个驿站，就筋疲力尽地倒地死了；于是骑手们就立刻骑上另一匹马赶路。这样一来，沿途不知要死多少马！如果杨贵妃吃了后不高兴，就说明荔枝不是新鲜的，那不知又要有多少人要遭到灾难了。想到这里，杜牧写下了这首诗：

> 长安回望绣成堆，
> 山顶千门次第开。
> 一骑红尘妃子笑，
> 无人知是荔枝来。

这首诗描写了从长安回望骊山的景色如锦绣一般，山顶上华清宫的门一扇接一扇地打开。一位骑手飞奔而来，赢得杨贵妃嫣然一笑，可是却没有人知道这是从很远的南方运来的鲜荔枝。杜牧感慨到：历代君主昏庸无能，只想博得宠妃一笑，却不顾多少老百姓会遭殃。杜牧通过运送荔枝这一事实，深刻地再现了唐玄宗与杨贵妃奢侈淫逸的生活，揭露了统治者的罪恶。

杨贵妃

李商隐的爱情诗

李商隐（约813～约858）

李商隐（约813～约858），字义山，号玉溪生，怀州河内（今河南沁阳）人，唐朝著名的诗人，流传下来的诗作有600多首。李商隐特别擅长

写爱情诗，他的爱情诗深情缠绵，在中国诗歌史上独树一帜。尤其以《无题》诗最为有名，对后代的诗歌创作产生过深远的影响。

李商隐和杜牧都是晚唐时期著名的诗人，后人为了把他们同李白和杜甫相区别，把他们称作"小李杜"。

在晚唐诗人中，诗歌成就艺术最高、最为人传诵的，是擅长写爱情诗的李商隐。他的诗作大体上可以分为三类：一是反映现实生活的诗，二是议论史事的咏史诗，三是无题诗。

李商隐的政治生涯很不得志，一生过着幕僚生活，这对他的诗歌创作影响很大。在他流传下来的 600 多首诗歌中，有很多是直接触及政治的诗作。他的政治诗往往是选择历史上的封建帝王荒淫误国作为主题，讽喻现实政治。

李商隐的诗作很少用直截了当的方式来表现自己的思想，而是喜欢用暗示、象征、借喻等手法，因而显得朦胧曲折，意味无穷。他的《嫦娥》诗就是一个很好的例子：

> 云母屏风烛影深，
> 长河渐落晓星沉。
> 嫦娥应悔偷灵药，
> 碧海青天夜夜心。

这首诗描写了在月宫中，云母屏风上映着幽暗的烛影，银河渐渐疏落，启明星也要消失了。嫦娥很后悔偷吃了灵药，眼望着碧海青天，夜夜心情孤寂。"嫦娥奔月"是一个优美的神话故事，而李商隐的《嫦娥》却从一个独特的角度，着重描述嫦娥奔月后的孤独与寂寞。"应悔"是揣度之词，表现出一种同病相怜、同心相映的感情，既表现了对嫦娥处境心境的体贴，同时也表达了诗人自己处在黑暗污浊的现实包围中，希望摆脱凡尘俗事，追求高洁的境界。而这种追求的结果却往往使自己陷于更孤独的境地，从而更引发了作者无限的伤感。

在李商隐的作品中，最为人传诵的是他的爱情诗。这类诗有的名为《无题》，有的是取篇中两字为题，常以婉转的情思、精美的辞藻，抒发缠绵悱恻的爱情和相思相恋的痛苦。像"春心莫共花争发，一寸相思一寸

灰"、"春蚕到死丝方尽，蜡炬成灰泪始干"、"身无彩凤双飞翼，心有灵犀一点通"等等，就是这类无题诗的精妙佳句。

李商隐的爱情诗情深意切，语言质朴，往往表现出男女双方虽然彼此相隔，但是却能心心相印的真挚情感。

李商隐的爱情诗对后代有很大的影响，宋代的婉约派词人及元明清一些描写爱情题材的戏曲作家，都曾学习过他的风格。

唐代传奇

传奇是唐代一种文言文小说的名称，它的内容和情节比较神奇和曲折。唐代的传奇可分为讽喻小说、侠义小说、爱情小说、历史政治小说四类。其中的名作主要有沈既济的《枕中记》、李公佐的《南柯太守传》、李朝威的《柳毅传》、蒋防的《霍小玉传》、元稹的《莺莺传》、白行简的《李娃传》、陈鸿的《东城老父传》、《长恨歌传》等。唐代的传奇对后世文学的影响很大，如宋元以后的白话小说有不少取材于唐代的传奇，还有些传奇被后人改编为戏剧。

唐代以传奇为素材的铜镜

唐朝时期，由于社会生产力的发展，城市经济逐渐繁荣起来，广大群众对文化娱乐的需要也增长了，于是就产生了传奇这种新的小说形式。

传奇是在隋朝末年出现的。在唐朝时期，许多大文学家都曾写过传奇小说，如韩愈、柳宗元等。唐代的传奇是在汉魏六朝志怪小说的基础上发展起来的，但是与志怪小说相比，传奇小说中的主角已经不是鬼神，而是现实生活

中的人，因此这种小说具有更加丰富的社会内容。

传奇的思想内容特别广泛，有的是反映和批判社会现实的，如《枕中记》、《南柯太守传》；有的是表现男女爱情的，如《李娃传》、《柳毅传》；还有的是记叙历史事件的，如《长恨歌传》、《高力士传》等等。

《南柯太守传》的作者是李公佐，这部小说讲的是从前在广陵有一个名叫淳于棼的人的故事：他很羡慕做官的人，总是希望自己将来有一天也能青云直上，飞黄腾达，做个大官，好好享受一下。他家里有一棵老槐树，枝叶繁茂，非常高大。有一天，淳于棼喝醉了酒，躺在老槐树下就睡着了。他做了一个

《南柯太守传》

梦，梦见自己到了大槐安国，被人领到宫中拜见国王，国王见他很有学识，就让公主和他结婚，招他做了驸马，还任命他为南柯太守。淳于棼从此天天喝酒吃肉，出门坐着高头大马，回到家里还有数不清的奴婢服侍自己。他和公主在一起生活了二十年，生了五个儿子和两个女儿，享尽了荣华富贵。可谁知天有不测风云，有一个小国来攻打南柯郡，淳于棼急急忙忙带兵出城迎战，然而敌人的兵力太强，淳于棼吃了败仗，敌人攻进了城里，公主也死了。大槐安国的国王非常恼怒，认为淳于棼玩忽职守，下令把他逐出国家。淳于棼十分着急，刚想替自己争辩，忽然醒了过来，这才知道自己刚刚做了一个梦。他发现自己的书童还在院子里抱着书在等他，太阳也没有完全落下去，自己的身边还滚落着几个空酒杯，其中一只里面还有一些酒。他又发现在老槐树下有一个蚂蚁穴，里面有许多蚂蚁在来来回回地忙碌着，这才知道原来他梦到的南柯郡就是这个蚁穴，于是大发感慨，觉得人生就和蚂蚁的小小世界一样，变幻无常。

《南柯太守传》采用虚构的手法，巧妙地把封建社会比做蚂蚁窝，把官场中的官吏比做蚂蚁，批判了那些追求功名利禄的人，给人以深刻的启示。

《柳毅传》的作者是李朝威，这部小说写的是一个人神恋爱的故事：洞庭龙王的女儿出嫁以后，受到丈夫和公婆的虐待，被罚到荒郊牧羊。柳毅是个正直的书生，他看到了龙女憔悴的模样，很替她不平，于是替她送信

《柳毅传》插图

到洞庭龙宫，把龙女的悲惨状况告诉了老龙王。后来龙女得救了，爱上了心地善良的柳毅，二人终于结为夫妻。龙女的故事正是封建社会里妇女们普遍的遭遇，然而她不甘于任人摆布，力图挣脱这残酷的枷锁，一旦遇到自己所爱的人，就热情地向往，追求自己的终身幸福，这又表达了受压迫妇女们共同的内心情感。《柳毅传》富于浪漫主义色彩，具有深刻的教育意义，所以一直在民间广为流传。

传奇小说的出现是我国古代文学发展的里程碑，它标志着中国的古典小说开始脱离了萌芽状态，已经具有自己的特点和规模，渐渐发育成形了。人们为了说明传奇的重要地位，把它和唐诗一样称为"一代之奇"。

李 煜

李煜（937～978）

李煜（937～978），字重光，号钟隐，江苏徐州人，五代末期南唐的国君，被称为"李后主"。李煜38岁那年，宋军包围了南唐的都城金陵，南唐亡了国，李煜投降了宋军，后被宋太宗赵光义毒死。

李煜是我国历史上第一位帝王作家，他喜欢读书，精通音乐和书画，具有多方面的艺术才能。他还是五代时期著名的词人，被称为"千古词帝"。他的词意境深远，感情真挚，语言清新，极富艺术感染力，其中《虞美人》是他的代表作。

李煜是南唐中主李璟的第六个儿子。他生性随和，不喜欢受拘束的生活，很想做一个风流潇洒的文人，或者一名满腹经纶的隐士。当上皇帝以后，他也常常不理朝政，而是专心地写文章、弹琴、作画。

　　李煜很喜欢写词。词是一种新的文学形式，又叫做长短句，在唐朝时期就出现了。李煜的早期作品大部分描写的都是宫廷生活，他的词继承了晚唐以来"花间派"的词风，安闲秀丽，文采动人。

　　后来，宋朝建立了，宋军包围了南唐的都城金陵，李煜只好投降，被俘虏到宋朝的都城汴京。从此，他的生活完全变了，他由一个生活舒适的皇帝变成了没有自由的囚徒。屈辱的生活、亡国的痛苦和对往事的追忆使他的词的风格也有了很大的转变，他把内心的苦闷都寄托在自己的词中。他的词情感真挚，具有较高的概括性，深刻而生动地写出了人生的悲欢离合之情。词的语言自然、精炼而又富于表现力，能引起人们的共鸣。在被囚禁的日子里，李煜创作了《虞美人》：

　　　　　　春花秋月何时了，
　　　　　　往事知多少？
　　　　　　小楼昨夜又东风，
　　　　　　故国不堪回首月明中。

　　　　　　雕栏玉砌应犹在，
　　　　　　只是朱颜改。
　　　　　　问君能有几多愁？
　　　　　　恰似一江春水向东流。

　　《虞美人》是李煜的代表作。开头"春花秋月何时了"，意思是：春花开，秋月圆，时间一日一日地更替，我这做囚犯的苦难岁月，何时才能完结呢？"往事知多少"是对自己提出的疑问，"往事"指自己当国君时的往事，"知多少"的"知"是知道、明白的意思，含有反省的味道。一个威赫的君主，怎么会弄到这步田地？过去的事到底做得怎么样呢？

　　"小楼昨夜又东风"，这句诗描写了他囚居在小楼里，深夜难以入睡，东风吹进小楼中，更引起他对故国的思念。他的"故国"在明月之下，已残破得"不堪回首"了，想到这里，又怎么能不觉得悲伤呢？

"雕栏玉砌应犹在，只是朱颜改"，写的是金陵华丽的宫殿可能还在，只是那些丧国的宫女的容貌已经老去了吧！这巨大的悲痛和难忍的哀伤，凝成最后两句"问君能有几多愁？恰似一江春水向东流"。这是以一问一答的方式来结束全词，"君"是指李煜自己，"恰似一江春水向东流"是比喻，用春水向东滔滔不绝无尽无休来形容自己的愁苦连绵不断。

　　李煜的《虞美人》用优美、清新的语言，高度概括了自己的真实感受，抒发了内心深沉的哀痛，深深地打动着人们的心。

　　李煜在这一年七月七日的晚上，在自己的住所里让歌女演唱这首《虞美人》。悲哀的歌声远远地传了出去，被宋太宗听见了，他认为李煜的歌词中含着不满，所以十分恼怒，派手下人给李煜送去了毒酒，把他毒死了。一代词人李煜就这样死去了，这一天正是他的生日。

宋朝时期

　　宋词同唐诗一样，也是我国文学皇冠上一颗光彩夺目的明珠。词最初名曲、曲子、曲子词，又名诗余、长短句，是一种配合乐曲而唱的歌词。词的曲调很丰富，有《菩萨蛮》、《蝶恋花》、《念奴娇》、《永遇乐》等等。大部分词的句式都是长短不齐，按照词的字数的多少，可以把词分为"小令"、"中调"和"长调"。北宋时期著名的词人有范仲淹、欧阳修、苏东坡、李清照、辛弃疾等等。陆游是这一时期最伟大的爱国诗人，他为后世留下了9000多首诗作。司马光主持编写的《资治通鉴》，是一部编年体通史，学术价值很高，在我国的史学界占有重要的地位。

范仲淹与《岳阳楼记》

范仲淹（989～1052）

范仲淹（989～1052），字希文，苏州吴县（今属江苏）人，北宋著名的政治家、文学家和军事家，谥号文正，因此被后人称为"范文正公"。

范仲淹的著作有《范文正公集》，他的散文、诗、词都很有名。他的诗词流传下来的不多，只有五首比较完整。他的词具有一定的创新精神，意境开阔，气象雄奇，主要是反映边塞风光和征战将士的生活。

《岳阳楼记》是范仲淹的一篇著名的散文，其中的"先天下之忧而忧，后天下之乐而乐"一句被人们世代传诵着，具有极大的教育意义。

勤学苦读的范仲淹

范仲淹从小就死了父亲，因为家里贫穷，母亲不得不带着他另嫁到一个姓朱的人家，给他改了名字叫做朱悦，于是范仲淹就在朱家长大成人。

范仲淹从小读书就十分刻苦，为了激励自己，他21岁那年去了附近长白山上的醴泉寺读书，经常一个人伴灯苦读。那时，他的生活极其艰苦，每天只煮一锅稠粥，凉了以后划成四块，早晚各取两块，拌上一点儿韭菜末，再加点盐，就算是一顿饭。但他对这种清苦的生活却毫不介意，而是用全部精力在书中寻找着自己的乐趣。

朱家很有钱，所以其他的兄弟们都奢侈浪费，无所事事，一副公子哥儿的作风。范仲淹很看不惯，就多次好言好语地规劝他们，可是他们并不放在心里。有一次，朱家兄弟听得不耐烦了，就脱口而出："我们花的是朱家的钱，关你什么事？"范仲淹很不明白，觉得兄弟们话中有话，便追问为什么。有人告诉他：你本来不姓朱，你姓范，是你的母亲带你嫁到朱家来

的。范仲淹这才知道了自己的身世，他受到了很大的刺激和震动，下决心脱离朱家独立生活，于是他匆匆收拾了几样简单的衣物，带上自己的书箱子，不顾朱家和母亲的阻拦，流着眼泪告别了母亲，离开家乡，独自前往南京求学去了。

南京在当时是个教育事业发达的地方，这儿的应天府书院是宋代著名的四大书院之一，聚集了许多有才德的老师和同学。到这样的学院读书，既有名师可以请教，又有许多同学互相切磋，还有大量的书籍可供阅览，而且学院还免费就学，这一切为渴求知识的范仲淹提供了很好的条件。

范仲淹在这里付出了双倍的心血埋头苦读，他常常读书到深更半夜，实在累得睁不开眼，就用冷水泼在脸上，等倦意消失了，再继续攻读，直到天快要亮了的时候才疲倦地穿着衣服睡着了。功夫不负有心人，这样苦读了五六年，范仲淹终于成为一个很有学问的人。他参加了科举考试之后中了进士，在朝中做了官。后来他把老母亲接来赡养，也恢复了原来的范姓，改名仲淹。

《岳阳楼记》

当时宋王朝的内政很腐败，官员们贪赃枉法的现象十分严重，再加上宋朝跟辽和西夏战争中军费和赔款支出浩大，国家财政发生了危机。范仲淹看到这种情况，就向皇帝宋仁宗提出了改革的主张。宋仁宗也感到形势的严峻，于是要范仲淹先提出一套治国的方案。

范仲淹提出了十条改革措施，它的主要内容是考核官吏的政绩，改革科举制度，提倡农业生产，减轻劳役，加强军备和严格法令，等等。宋仁宗看了之后觉得很满意，于是命令全国实行改革。

可是范仲淹的新政刚一推行，就像捅了马蜂窝一样。一些皇亲国戚、权贵大臣和贪官污吏就纷纷闹了起来，他们散布谣言，攻击新政。还有一些原来就对范仲淹心怀不满的大臣，天天在宋仁宗面前说他的坏话，说范仲淹交结朋党，滥用职权。宋仁宗看到反对的人那么多，就动摇起来，派范仲淹到陕西防守边境，把他打发走了。范仲淹一走，宋仁宗就下命令把新政全部废止了。

范仲淹来到邓州当了一名地方官，虽然他的改革失败了，但是他忠心爱国的思想一点都没有改变。有一回，他的好友滕宗在岳州修建了当地的名胜岳阳楼，请范仲淹写篇纪念的文章。范仲淹一口答应了，写下了著名的《岳阳楼记》。

《岳阳楼记》共360个字，写景与抒情相结合，文情并茂，感人肺腑。文章一开始展示出洞庭湖无边无际、气吞山河的雄伟气魄，同时描述了洞庭湖两种不同的风光：秋天风雨来临的时候，天昏湖暗，一派令人惊恐的景色，人们的心情也随着昏暗起来；等到春天到来的时候，鸟儿在湖面上自由地飞翔，鱼儿在湖水中自在地游着，草变绿了，花儿也开放了，一幅五彩缤纷的和谐景象，人们的心情也变得明亮了。

接着他通过描写景物来抒发自己的情感。古代文人贤士每当政治上失意的时候，常有一种被压抑、遭遗弃的感觉，而范仲淹在这里提出"不以物喜，不以己悲"，劝勉失意的志士不要因为自己的不幸遭遇而忧伤，也不要过于计较自己的得失，提倡人们在任何情况下都要把国家和天下人的利益放在第一位，这就是他的"先天下之忧而忧，后天下之乐而乐"的思想。这是一种豁达的气度和宽广的胸怀，体现了作者高尚的情操和品质，也是他一生爱国精神的写照，所以成为流传千古的佳句。

岳阳楼

至若春和景明，波澜不惊，上下天光，一碧万顷；沙鸥翔集，锦鳞游泳，岸芷汀兰，郁郁青青。而或长烟一空，皓月千里，浮光跃金，静影沉璧，渔歌互答，此乐何极！登斯楼也，则有心旷神怡，宠辱皆忘，把酒临风，其喜洋洋者矣。

——《岳阳楼记》

欧阳修与《醉翁亭记》

欧阳修（1007～1072）

　　欧阳修（1007～1072），字永叔，号醉翁、六一居士，吉州吉水（今属江西）人，北宋著名的文学家、史学家和政治家，"唐宋八大家"之一，是北宋古文运动的领袖。

　　欧阳修提倡在文学界实行改革，主张文章应"明道"、"致用"。他的文章条理通达，抒情委婉，语言流畅自然。他的诗、词、散文等都很有名，作品主要有《欧阳文忠集》。

　　欧阳修还是著名的史学家，他曾经和宋祁合修过《新唐书》，并独自撰写了《新五代史》，是我国史学上的重要著作。

　　欧阳修的童年很不幸，在他4岁的时候，父亲就病死了，母亲只好带着他到随州去依靠他叔父生活。欧阳修的母亲一心想让儿子读书，可是家里穷，买不起纸笔，她看到屋前的池塘边长着荻草，就用荻草秆儿在泥地上划着字，教欧阳修认字。幼小的欧阳修在母亲的教育下，很早就喜欢上了读书。

　　欧阳修10岁的时候，就经常到附近藏书多的人家去借书读，有的书他太喜欢了，可是又没有钱去买，就央求人家把书多借给他几天，然后再夜以继日地把书抄录下来，这样就可以在有空的时候多读几回了。

　　有一次，他去一家姓李的人家借书，从那家的一只废纸篓里发现了一本旧书，他翻了一下，发现是唐代文学家韩愈的文集，就向主人要了来，带回家里细细阅读。他认真琢磨，学习韩愈的文风，希望自己将来也能像韩愈那样做一个著名的文学家。

　　欧阳修长大以后，到东京参加进士考试，连考三场，都得到第一名，中了进士。他官职不高，但是十分关心朝政，正直敢谏。当时正赶上范仲

淹提倡变法，结果得罪了权贵，被贬职到了远方，许多大臣都很同情范仲淹，只有谏官高若讷认为范仲淹应该被贬，而且言辞很无理。欧阳修十分气愤，写信责备高若讷，说他是个卑鄙小人，不知道人间有羞耻这两个字。为了这件事，他被降职到外地，过了四年才回到京城。

可是欧阳修继续支持范仲淹的新政，仍然替他说话，朝廷一些奸臣大为恼火。他们捕风捉影地诬陷了欧阳修一些罪名，朝廷又把他贬谪到滁州去了。

过了十多年，宋仁宗想起欧阳修的文才，又把他调回京城，担任翰林学士。当时社会上流行的文风讲求华丽，内容空洞。欧阳修小时读过韩愈的散文，认为他的文笔流畅，说理透彻，跟流行的文章完全不一样，于是在他担任翰林学士以后，就开始积极提倡改革文风。他写了许多提倡写作方式平实朴素的散文，反对文坛上的不良作风，同时他还对韩愈的文章做了校订和补充，加以推广，于是古文运动便蓬勃地发展起来了。

有一年，京城举行进士考试，朝廷派欧阳修担任主考官。他认为这正是选拔人才、改革文风的好机会，于是在阅卷的时候，发现华而不实的文章，一概不录取。考试结束以后，有一批人落了选，他们对欧阳修十分不满。一天，欧阳修骑马出门，半路上被一群落选的人拦住，吵吵嚷嚷地辱骂他，直到巡逻的兵士过来，才把这批人赶跑。

经过这场风波，欧阳修虽然受到了一些压力，但是考场的文风也发生了变化，大家都学着写内容充实而朴素的文章了。

欧阳修不但大力改革文风，而且还十分注意发现和提拔人才。许多原来并不那么出名的人才，经过他的赏识和提拔推荐，一个个都成了名家，最出名的是曾巩、王安石、苏洵、苏轼、苏辙。在文学史上，人们把欧阳修和他们五个人，以及唐代的韩愈、柳宗元合起来，称为"唐宋八大家"。

《醉翁亭记》

欧阳修被贬到滁州做官的时候，经常到处游览山水。在游历中，他认识了琅琊寺住持僧智仙，并很快结为知音。有一回，智仙和尚来到欧阳修的住处拜访他，二人聊了一阵，智仙和尚说道："我今天来，其实是有事相求的。"

欧阳修说："住持为何如此客气，您有事尽管开口。"

智仙和尚说："我们琅琊寺新建造了一座小亭子，想请您给作个记，不知您能否赏脸。"

欧阳修听了很高兴，说："早就听说寺中新建了个亭子，我正想赶去看看呢，正好我今天没什么事，咱们不妨现在就去吧！"

于是他们两个人就来到了小亭中，只见这个亭子布局别致，亭台小巧独特，四周景色秀丽，亭前有个泉眼，泉旁是小溪，水声潺潺，清澈见底。欧阳修兴奋地说："美啊，这样的风景真是让人心旷神怡啊！"

智仙和尚说："这个亭子还没有取名呢，先生如果有意，就为它取个名字吧。"

欧阳修想了一会儿，说："我自称'醉翁'，以后免不了要来这里饮酒作诗，我看就叫它'醉翁亭'吧！"

智仙和尚听了，连连点头说："好啊，就依先生的话，叫它醉翁亭了！"

欧阳修越说兴致越高，提笔便写了一篇散文，这就是著名的《醉翁亭记》。

醉翁亭

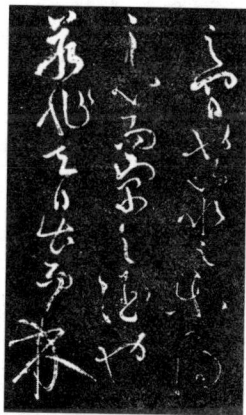

《醉翁亭记》石刻

这篇散文用优美的文笔和流畅的语言描写了醉翁亭秀丽的风光和人们在其间游乐的欢快之情，表达了作者对美好山川的热爱和与民同乐的情怀，抒发了作者的政治理想和从容闲适的情趣。文章采用写景和抒情相结合的方式，层次错落有致，在描写山水之中表达了作者自得其乐的陶醉之情，同时也表达了作者的"醉翁之意不在酒，在乎山水之间也"的主题。

司马光与《资治通鉴》

司马光（1019～1086）

司马光（1019～1086），字君实，陕州夏县（今属山西）涑水乡人，世称涑水先生，宋代宰相，是我国历史上著名的政治家和史学家。

司马光主持编写的《资治通鉴》是一部编年体通史，分为294卷，共300多万字。这部书资料丰富，内容翔实，学术价值很高，在我国的史学界占有重要的地位。

司马光的家教

司马光的父亲司马池是一位胸怀大志的知识分子，他专心读书，锐意进取，常以做学问的认真态度和质朴的做法来待人处世。司马光的母亲聂氏也是一位知书达理的女性。司马光诞生在这个书香门第之中，在严父慈母的影响和教育下，度过了自己的少年时代。

司马光6岁开始读书，刚开始的时候，他对所学的东西不能理解，总是记不住老师讲的东西，往往是同学们都背会了，他还没背出来。父亲知道了，就告诉他：读书不能只是机械地背诵，还要勤于思考，弄懂意思，要在理解的基础上背诵。于是，下课了，每当别的同学做游戏时，司马光却不和大家一起玩，而是一个人找个清静的地方苦苦攻读，直到把书背得滚瓜烂熟为止。很快，他的学业就有了进步，对学习的兴趣也越来越浓厚。稍稍大一点的时候，他开始学习《左氏春秋》，常常是书不离手，句不离口，刚听完老师的课，他就能够明白书的大意，然后讲给家里的人听。渐渐地，他被这本书迷住了，常常因为学习而忘了吃饭和睡觉。

司马光的父母不仅关心他的学业，而且还十分注重培养他的优秀品质。

有一次，司马光想吃青核桃，姐姐替他剥皮，却怎么也剥不开。姐姐走后，一个女仆把青核桃放在开水里烫了一下，皮就很容易剥了下来。姐姐回来一看，便问是谁剥下来的，司马光说是自己剥的。这个过程恰巧被父亲看到了，见他撒谎，就严厉地训斥他："事实是怎样就应该怎样，从小就撒谎的孩子将来一定不会有什么出息！"司马光惭愧地低下了头。这件事虽然很小，但却给司马光留下了深刻的印象。从此，无论是为人处世，还是做学问，他总是十分诚实，不敢有半点虚假。

《资治通鉴》

《资治通鉴》是司马光负责编写的、专供皇帝阅览的一部历史书。它是我国历史上的第一部编年体通史，记叙了自周威烈王二十三年（前403年）到五代周世宗显德六年（959年）共1362年的历史。全书分为294卷，300多万字。这部书取材广泛，资料丰富，内容翔实可信，为历代史学家所推崇，也为统治阶级提供了治理国家的借鉴。

《资治通鉴》的文字简明扼要，文笔生动流畅，质朴精练，富于文学意味。不仅可以作为历史著作阅读，有些篇章也可当做文学作品来欣赏。

司马光编写这部历史巨著的态度十分认真，他不但请来许多史学和文学的名家如范祖禹、刘恕、刘攽当助手，还要自己的儿子司马康也参加这项工作。当他看到儿子翻阅资料时用指甲抓书页时，非常生气，认真地传授了他爱护书籍的经验与方法：读书前，先要把书桌擦干净，垫上桌布；读书时，要坐得端端正正；翻书页时，要先用右手拇指的侧面把书页的边缘托起，再用食指轻轻盖住以揭开一页。他告诫儿子说："做生意的人要多积蓄一些本钱，读书人就应该好好爱护书籍。"

司马光在编修《资治通鉴》的过程中付出了巨大的心血，他身体不好，可是他还坚持抱病工作，亲戚朋

《资治通鉴》书影

友们劝他多休息，他却回答说："先王曾经说过，生和死都是上天安排好的。"他的这种置生死于不顾的态度让大家深受感动。

为了编写这部书，司马光常常废寝忘食，有时到了吃饭的时候也不知道，家里人只好将饭送到书局，还要几次催他才吃。他每天修改的稿子有一丈多长，而且上边没有一个草字。书局的房子低矮窄小，夏天闷热难当，司马光洒下的汗珠常常把书稿都浸湿了。后来，他请匠人在书房里挖了一个大深坑，砌上砖，修成一间"地下室"，他就在这个地下室里专心致志地埋头编书。他对史料的考核也极其认真，追根寻源，反复推敲，不断修改。就这样，司马光辛苦了19年，终于编成了《资治通鉴》。这部书编成后，光是司马光存放没有用的残稿就堆满了两间屋子，可见他为这本书付出了多么艰辛的劳动啊！

沈括与《梦溪笔谈》

沈括（1031～1095）

沈括（1031～1095），字存中，钱塘（今浙江杭州）人，北宋时期著名的科学家。他精通天文、数学、物理学、化学、生物学、地理学、农学和医学；他还是卓越的工程师、出色的军事家、外交家和政治家；同时，他还善于做文章，对音乐、医药、卜算等也无所不精。沈括晚年所著的《梦溪笔谈》详细地记载了劳动人民在科学技术方面的卓越贡献和他自己的研究成果，反映了我国古代特别是北宋时期自然科学达到的辉煌成就。《梦溪笔谈》不仅是我国古代的学术宝库中的瑰宝，而且在世界文化史上也有着重要的地位，被称为"中国科学史上的坐标"。

沈括自幼勤奋好学，在母亲的指导下，他14岁就读完了家中的藏书。后来他跟随父亲到过福建、江苏、四川和京城开封等地游历，有机会接触社会，对当时人民的生活和生产情况有所了解，增长了不少见识。

沈括33岁时中了进士，被任命担任负责观测天象、制定历法的官职。他用自己制定的《奉元历》代替旧历，提出用《十二气历》代替农历。《十二气历》比现在世界通用的公历——格里高利历还要合理，可惜没有被采纳。

　　沈括在物理学方面建树很多。他通过实验找到了使用指南针的办法，使指针总是精确地指向南方，这是世界上关于如何使用指南针的最早记录。此后，他在用指南针定向时，发现磁针常向东偏，不指正南，第一个指出了地磁场存在磁偏角，这比欧洲人要早400年。他对凹面镜成像和小孔成像的说明，以及对声音振动的实验，都处在世界领先地位。

　　沈括在地质学方面也有不少贡献。他到浙江东部地区考察，指出雁荡山群峰是经过千万年流水的冲刷而成。他经过太行山麓，见山壁中间有一条由卵石螺壳组成的堆积层，断定这里是古时的海边，并推论出"大陆都是由混浊泥沙冲积形成"的。这些独到的见解，与现代科学结论有许多相通之处。

　　沈括在化学方面也取得了一定的成就。他在延州做官的时候，曾经考察过石油的矿藏和用途，他已经注意到石油资源的丰富，"生于地中无穷"，还预料到"此物在后世一定会有大的用途"，这一远见已为今天所验证。另外，"石油"这个名称也是沈括首先使用的，比以前的石漆、火油、石脑油、石烛等名称都贴切得多。

　　沈括晚年居住在江苏镇江的梦溪园，专门从事著述，为后人留下了一部26卷的科学巨著《梦溪笔谈》。这是我国古代科学技术成果的资料库，像活字印刷、磁针装置四法、水法炼钢等重要成果，就是由这本书记录流传下来的。

《梦溪笔谈》书影

　　《梦溪笔谈》是一部笔记体裁的文集。全书共有600多条，关于科学技术的条目占三分之一以上。内容涉及数学、天文、历法、地理、地质、气象、物理、化学、冶金、兵器、水利、建筑、动植物、医药等许多领域，是中国科技史上的重要文献。

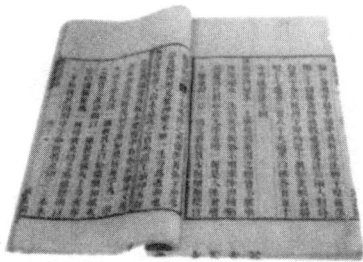

苏 轼

苏轼（1037～1101）

苏轼（1037～1101），字子瞻，号东坡居士，四川眉山人，出身于知识分子家庭，7岁开始读书，10岁就能写文章。他曾经和父亲苏洵、弟弟苏辙中同榜进士，世称"三苏"。

苏轼是北宋杰出的诗人、词人和散文家，他的诗歌有2700多首，词有340多首。他在书法和绘画方面也有自己鲜明的风格和独创的成就。他的诗歌题材广泛，敢于反映现实生活；他的词开拓了新的境界，豪放中透着婉约；他的散文挥洒自如，写景和抒情都十分自然，故被尊为"唐宋八大家"之一。他的主要作品有《东坡全集》、《东坡乐府》。

苏东坡的诗

北宋初年，文坛上仍然沿袭着晚唐和五代时期的颓废纤丽的风气。许多官僚和文人都喜欢吟唱一些内容浮华的诗文。而苏轼的诗歌创作扫荡了这种习气，给宋诗的发展开辟了新的道路，奠定了宋诗的独特面貌。

苏轼的诗现存有2700多首，内容十分丰富，其中有一些诗篇反映了人民的疾苦，揭露并讽刺了统治阶级的荒淫腐朽；还有一些诗篇抒写了建功立业的远大抱负，描绘了祖国的壮丽河山，具有浓厚的浪漫主义特色。他的一些小诗还很富有哲理，常常是通过形象的描述，把自己对客观事物的某种独特的感受和独特的发现表达出来。例如《题西林壁》这首诗：

> 横看成岭侧成峰，
>
> 远近高低各不同。
>
> 不识庐山真面目，
>
> 只缘身在此山中。

这首诗是苏轼在游览庐山后的感受，有着丰富的内涵，它告诉了我们为人处世的一个哲理——由于人们所处的地位不同，看问题的出发点不同，对客观事物的认识难免有一定的片面性，所以我们要认识事物的真相与全貌，必须超越狭小的范围，摆脱主观成见。

在这首哲理诗中，苏轼不是单纯地发表自己的观点，而是紧紧扣住游山谈出自己独特的感受，借助庐山的形象，用通俗的语言深入浅出地表达哲理，故而亲切自然，耐人寻味。

苏东坡的词

北宋初期，词还是一种新兴的文学体裁，因此，在当时人们的心目中，它的地位仍不及有着悠久传统的诗赋那么重要。此外，词的形式、内容和语言，虽然有了一些突破，但多数作品的风格仍然过于柔和。苏东坡创作的词有力地扭转了这种风气，大力开拓了词的意境和表现方法，为宋词的发展打开了新的局面。

苏东坡对词的贡献远远超过以前的词人。他以自己的创作实践，扩大了词所反映的生活内容，例如游历、惜别、登临以及山河风貌、田园风光、哲理探讨等等，几乎无所不写。他摧毁了词原来所具有的那种狭隘的风气，为词的发展开拓出广阔的天地，并且在形式、语言、音律等各方面进行了新的尝试，取得了很大的成功。

苏东坡的词风豪迈奔放，笔力雄健，清新自然。他的《念奴娇·赤壁怀古》是其中著名的一首：

大江东去，浪淘尽，千古风流人物。
故垒西边，人道是、三国周郎赤壁。
乱石穿空，惊涛拍岸，卷起千堆雪。
江山如画，一时多少豪杰。

遥想公瑾当年，小乔初嫁了，雄姿英发。
羽扇纶巾，谈笑间、樯橹灰飞烟灭。
故国神游，多情应笑我，早生华发。
人生如梦，一尊还酹江月。

从题材上看，《念奴娇·赤壁怀古》描写的是古战场的情形，表现了作者对古代英雄豪杰的凭吊。

从主题上看，《念奴娇·赤壁怀古》反映了作者建功立业、实现抱负的豪情壮志。作者拿周瑜和自己作比，表露了自己不遇明主、壮志难酬的情感，发出了人生易老、应当早建功业的感慨。

从表现手法上看，《念奴娇·赤壁怀古》采用概括和抒情的方式，展现的是宏伟的古战场的画卷，抒发的是豪放的感情，开头一句"大江东去，浪淘尽"便将整个词的豪放气势表达了出来；而"乱石穿空，惊涛拍岸"更壮大了整首词的宏伟气势，展现了一幅壮伟的画面。

从语言上来看，《念奴娇·赤壁怀古》表现的是崇高壮美的景象，读起来豪气干云，壮丽之情油然而生。

苏东坡塑像

在苏东坡以前，词的风格大部分以婉约类为主，而提倡"新意"和"豪放"是苏东坡词的主要特征。他在词史上的另一贡献是使词摆脱了音乐的附属地位，把词发展成了独立的抒情文学形式，所以说苏东坡对宋词的发展做出了突出的贡献。

苏东坡还是著名的书法家，他同当时另三位书法大师黄庭坚、米芾、蔡襄合称"宋四家"。他有许多书法作品，如《前赤壁赋》、《黄州寒食诗帖》等都很有名。

李清照

李清照（1084～约1151）

李清照（1084～约1151），号易安居士，济南（今山东济南市）人，我国最著名的女词人。她早期生活很优裕，词的内容多是描写悠闲情趣的。后来金兵入侵中原，她和丈夫流落到南方，丈夫后来病死了，只剩她一个

人孤苦伶仃地生活，所以这一时期的词多是悲叹自己的不幸遭遇和流露出对中原的怀念之情，情调很感伤。

李清照的词以婉约为主，语言清丽，风格典雅，富有情致，后人有《漱玉集》辑本。有词47首，主要代表作品有《如梦令》、《醉花阴》、《渔家傲》、《声声慢》等。

李清照出生于一个知识分子家庭，她的父亲李格非是当时著名的学者，母亲为状元王拱辰的孙女，也会吟诗做文章，所以李清照从小就受到了良好的教育熏陶。她的诗、词、书、画都很出色，少年时就获得了"才女"的美誉。18岁那年，她嫁给了著名的金石收藏家赵明诚，婚后他们共同从事学术研究与诗词唱和，生活得十分美满。李清照这一时期写了许多词作，都是描写休闲生活和细腻情感的作品，风格委婉动人。

有一段时间，赵明诚去外地做官，夫妻分离了很久，彼此都很想念对方。于是李清照写了一首词《醉花阴》，其中有几句："莫道不销魂，帘卷西风，人比黄花瘦。"把自己因想念丈夫而消瘦的思念之情表达得淋漓尽致。赵明诚收到这首词后，很是赞赏，忽然产生了同妻子比试一下的想法，于是自己在家里写了三天三夜，共写了50多首词，把这首《醉花阴》也放在里面。然后请来好朋友陆德夫鉴赏，陆德夫看了好半天，对他说："有三句词写得最为出色。"赵明诚忙问是哪三句，陆德夫指着"莫道不销魂，帘卷西风，人比黄花瘦"这一段说："这几句可以称得上是精品。"赵明诚不得不佩服妻子的文采，而李清照也因此更加出名了。

可是，这种平静的生活在金军入侵之后就改变了。1127年，金军出兵攻破了汴京，宋徽宗和宋钦宗被俘虏，北宋灭亡了。宋高宗仓皇逃到南方，李清照和赵明诚也只好渡江南下。在渡江的过程中，李清照还写了一首雄浑奔放的《夏日绝句》："生当作人杰，死亦为鬼雄。至今思项羽，不肯过江东。"借项羽的宁死不屈来表达对北宋政府丧权辱国的愤慨。

第二年，赵明诚病死在建康（南京），从此，李清照一个人独自漂泊在江南，在孤苦凄凉中度过了晚年。国家灭亡了，家庭破碎了，丈夫也去世了，这个突然的变故使李清照的思想发生了很大的变化，她的词的内容也转变了，写下了许多怀念故土和思念家乡，以及感叹自己飘零身世的作品，比如著名的《声声慢》：

寻寻觅觅，冷冷清清，凄凄惨惨戚戚。乍暖还寒时候，最难将息。三杯两盏淡酒，怎敌他，晚来风急！雁过也，正伤心，却是旧时相识。

满地黄花堆积，憔悴损，如今有谁堪摘？守着窗儿，独自怎生得黑？梧桐更兼细雨，到黄昏，点点滴滴。这次第，怎一个愁字了得？

这首词曲折有致地表现出李清照遭受到的国破家亡的痛苦，内容深沉感人。

李清照是我国文学史上著名的女词人，她的词具有很高的艺术成就。她善于从书面语言和口头语言中精心提炼一些新词，鲜明准确，生动活泼，短短几句就创造出鲜明的形象和激动人心的意境。她的词风清新婉丽，是婉约派的代表。她的《漱玉集》是我国文学艺术宝库中的珍品。

陆　游

陆游（1125~1210）

陆游（1125~1210），字务观，号放翁，越州山阴（今浙江绍兴）人，生活在金军入侵、祖国分裂、人民颠沛流离的南宋时期，是我国伟大的爱国诗人。他是科举进士出身，担任过镇江通判等官职，一生渴望献身祖国，报效人民。由于他坚决主张抗金，因而不断受到投降派的打击、排挤。他中年入蜀抗金，军事生活丰富了他的文学内容，作品吐露出万丈光芒。词风以豪放悲壮为主，兼有婉丽飘逸的一面，寄托了反对民族压迫、要求国家统一的爱国主义思想。

陆游一生作诗万余首，现存9300多首，是中国文学史上留存诗作最多的诗人。他的诗题材极为广泛，内容丰富，其中表现爱国爱乡的作品大约有5000多首，最能反映那个时代的精神。陆游的诗风格豪放，气魄雄浑，和李白诗作的风格很像，所以被称作"小李白"。

时刻记住国家的危难

陆游生活在北宋和南宋交替的时期。1126年，北宋被金国灭掉了，许多人都逃到了南方。陆游的父亲陆宰曾经在北宋的朝廷中当官，他和许多人一样，也带着全家人逃难。那时候，陆游还小，走路都走不稳，母亲只好抱着他赶路。

有一次，金兵在后面追得紧，实在没路可逃了，全家人只得藏在乱草堆里。金兵人马很多，人叫马嘶地过了好几天。一家老小就这样闷在草堆里，连大气都不敢出。这件事给陆游的印象很深，他很小就立下了一个志愿：长大后一定要解除国家的苦难，收复中原，统一祖国。

"放翁"的由来

陆游长大后，也在朝廷里做了官，负责编写朝廷法令和文告。他写的诗传遍全国，名气很大，被人称为"小李白"。

新皇帝宋孝宗听说陆游的诗写得好，就召见了他，对他说：

"你的学问和文采，我都听说了，现在国家危亡，你对国家大事有什么看法吗？"

陆游激动地说："陛下想重振国威，这非常好。可是，如果光是下诏书、发命令，还不行。一定要做些实事，比如要好好整理纲纪，训练军队。士兵的战斗力增强了，才能打败金军，收复中原！"

"真是切中要害呀！"宋孝宗点头称赞。

陆游十分兴奋，朝中的主战派们也仿佛看到了国家强盛的希望。他们聚集在一起，由陆游起草了一个出兵北伐收复失地的计划给宋孝宗，写了两封密信，派人联合义军，打算共同消灭金军。陆游为自己能参加这样的大事，感到十分自豪。

1163年，宋孝宗派大将张浚出师北伐。开始，宋军打了胜仗，收复了许多地方，可因为内部不团结，后来又失败了。投降派乘机说服宋孝宗，又要和金国议和，还罢免了张浚。

陆游因为积极主张抗战，投降派对他恨得要命。不久，他也被罢了官。

就这样差不多过了 10 年，陆游已经 46 岁了，可是他统一祖国、收复中原的愿望始终没有改变。他得知川陕一带的军事将领王炎领导了一支抗金队伍后，又投奔了王炎。他曾经亲自参加军队的训练，又骑马到边关，观察过金人占领的地区。在王炎的衙门里，他又见到金军占领区的老百姓冒着危险给宋军送来军事情报。这些情景使他对抗金的前途充满了希望。

在这段时间里，陆游还和金兵交过手，雪天寒夜，拍马舞刀，渡过渭河去袭击敌人；夜间山路巡行，遇到猛虎，他亲手操矛将猛虎刺死。他的生活很充实，他认为这样能够实现自己驱逐金兵、统一祖国的愿望。

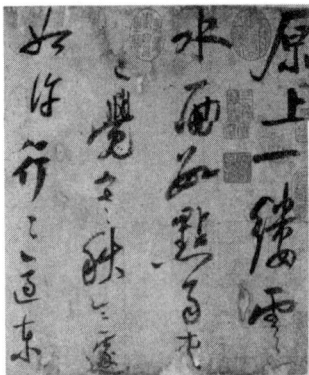

陆游的《自书诗卷》

然而，腐败的南宋朝廷并没有统一祖国的意愿，不久就把王炎调走了，陆游也被调到成都，当了一名参议官，从此离开了前线。陆游的心情很沉闷，只好饮酒作诗来解除内心的痛苦，同僚们讥笑他不讲理法，思想颓放，他就索性给自己取了个号，叫做"放翁"，人们就把他称为陆放翁。

感人肺腑的《示儿》

陆游晚年的大部分时间是在乡村里度过的，但是在闲居故乡的岁月里，他也始终不忘国家遭受外敌欺侮的耻辱，甚至在梦中也看见宋朝军队杀败敌兵的场面。后来，朝廷中主战派起兵北伐，打了几个胜仗。陆游得知后，心中无比激动。但是不久宋军就连吃败仗，皇帝又失去了作战的信心。投降派乘机活动，同金国订立了丧权辱国的"和议"。主战派有的被杀，有的被流放。听到这些不幸的消息，陆游心中又忧虑又悲愤。

1210 年深秋，陆游已经 85 岁了，而且近一两年来，他就常常生病，身体时好时坏，陆游知道自己很难有康复的希望了。他回想着自己的一生一

直盼着有一天能赶走侵略者，收复中原，不想一过几十年，国家依然分裂。想到这些，他不由得老泪纵横。可他还是寄希望于子孙后代，相信总有一天中原能够收复，祖国会统一。

陆游病危的时候，他的儿子和左邻右舍的人们都眼含热泪，围在他床边。只见他两眼渐渐失去了神采，呼吸微弱，嘴唇一张一合地在动，似乎要说什么。小儿子连忙凑近他跟前问道：

"爹爹，您还有什么话要说？"

陆游扬了扬手，示意把纸和笔拿来。儿子忙取来纸笔，放在他面前，然后扶着他坐起来。

陆游慢慢地拿起笔，蘸上墨，用颤抖的手写下了一首感人肺腑的《示儿》诗：

> 死去元知万事空，
> 但悲不见九州同。
> 王师北定中原日，
> 家祭无忘告乃翁！

这首充满血和泪的《示儿》诗，表现了陆游至死不变的爱国主义精神和对正义事业必将获胜的坚定信念，因而流传千古，激励着一代又一代爱国的人们。

辛弃疾

辛弃疾（1140～1207）

辛弃疾（1140～1207），字幼安，号稼轩，历城（今山东济南）人，南宋著名的抗金将领。他曾经参加过抗金义军，并创建过飞虎军，带领军队进行抗金活动，被尊为"飞虎将军"。然而他所提出的抗金建议并没有被采纳，并遭到主和派的打击，所以一直没有得到重用。

辛弃疾是南宋著名的大词人,他与苏轼齐名,并称"苏辛"。他的词有629首,是宋代写词数量最多的人。他的词作题材广泛,风格多样,以慷慨悲壮的爱国情感为主调,主要是对南宋上层统治集团的屈辱投降进行揭露和批判,也有不少吟咏祖国河山的作品。词的风格以豪放为主,热情洋溢,慷慨悲壮。他的主要代表作有《破阵子·为陈同甫赋壮词以寄之》、《永遇乐·京口北固亭怀古》、《菩萨蛮·书江西造口壁》等。

飞虎将军出世

辛弃疾出生于一个世代做官的家庭。在他出生前的13年,北宋遭遇了最惨痛的靖康之难,中原沦于金人的统治之下,辛弃疾的家乡也被占领了,因此,他从小就目睹了金人的残暴。家乡人民遭受的苦难在他的童年生活中留下了深刻的印象,所以,辛弃疾很小就立下收复中原的雄心壮志。

辛弃疾长大后,曾组织了2000多人的军队抗击金军。后来他听说了一个名叫耿京的农民起义领袖手下的人很多,力量也很大,就带着队伍投奔他。这一天,耿京正在休息,有人来报说有一个年轻人要求入伙,耿京忙请进来一看,啊,竟是一个白面书生!于是并没有把辛弃疾放在眼里,只留他做了个书记官。可辛弃疾以抗金大业为重,并不在意这些,没多久就提了很多建议,又说服耿京整编了军队,并亲自带兵演练阵法。于是很快得到了耿京的信任,把他看做左膀右臂。

军队强大后,他们就开始和金军对抗,一连让金军吃了几次败仗,辛弃疾的名声也渐渐传开了。为了更好地打击金军,他又建议耿京和朝廷取得联系,以壮大起义军的实力。

辛弃疾雕像

耿京认为辛弃疾说得很有道理,就接受了他的意见,派辛弃疾作代表,到建康去见宋高宗。宋高宗听说山东起义军派人来归附,十分高兴,当天就在行宫里召见了他们,并且任命耿京为天平军节度使,还封了辛弃疾一

个官衔。

后来，辛弃疾历任湖北、江西、湖南、福建、浙东安抚使等职。在任职期间，他采取积极的措施，招集流亡人民，训练军队，奖励耕战，打击贪污豪强，注意安定民生。在此期间，他写了不少词，他的词以豪放著称，抒发了自己报国的思想。

辛弃疾还在湖南建立了有名的飞虎军。飞虎军作战勇敢，奋勇杀敌，纪律严明，一直为老百姓们爱戴，辛弃疾也被人们称为飞虎将军。在后来的30多年间，飞虎军一直是长江沿岸的抗金主力。

慷慨激昂的辛词

辛弃疾是南宋最负盛名的伟大词人，他的《稼轩长短句》中存词600多首。由于恢复失地、抗金救国的伟大理想一直不能实现，辛弃疾就用词这种文学武器进行斗争，以抒写他心中的复杂情感。他的重要词篇表现了收复中原、统一祖国的强烈愿望，也反映了建功立业、报效祖国的坚强决心，抒发了自己虚度岁月、壮志难酬的满腔悲愤。

辛弃疾继承和发展了苏轼开创的豪放词风，进一步扩大了词的题材和表现手法，突破了诗、词、文的界限。他善于以文为词，常用暗喻和比兴手法，含蓄地表现思想内容。他的词虽然以雄浑豪放为主，但一些歌咏祖国壮丽河山与描绘农村风土人情的作品也是清丽婉约之作，很受欢迎。

辛弃疾是一位对我国文学史产生过巨大影响的词人。当时，以他为核心曾经出现了一大批以抒写爱国思想为主的豪放词人，他在扩大词的内容和发展词的艺术表现手法方面都作出过不可磨灭的历史贡献。

明朝时期

　　小说在这一时期有了很大的发展，出现了章回体的长篇小说。章回体是长篇小说的一种，全书分为若干回，每回都有标题，概括了全回的故事内容。明代小说的代表作是施耐庵的《水浒传》、罗贯中的《三国演义》、吴承恩的《西游记》。短篇的白话小说也逐渐繁荣起来，冯梦龙和凌濛初的"三言"、"二拍"具有很高的思想性和艺术成就。汤显祖是一位著名的剧作家，他的代表作是《牡丹亭》。《牡丹亭》歌颂了青年男女为追求自由和幸福而舍生忘死的斗争精神，具有强烈的反封建意义。

施耐庵与《水浒传》

施耐庵（生卒年不详）

施耐庵（生卒年不详），原名彦端，字肇端，号子安，别号耐庵，祖籍苏州，元末明初时期著名的小说家。他的代表作《水浒传》是我国第一部反映农民起义的长篇章回体小说，书中生动地塑造了108位英雄人物的形象，再现了南宋末年"官逼民反"的史实，热情讴歌了农民起义的正义性，被称为"农民起义的伟大史诗"。

施耐庵写《水浒传》

施耐庵从小就聪明好学，18岁那年就中了秀才，30多岁的时候考中了进士，做了元朝的官员。可是当时元朝的统治十分腐败，人民生活在水深火热之中，施耐庵多次向皇帝提出过建议，但都没有被采纳，而且还受到了上司的嫉恨，只好辞了官。

后来，有个叫张士诚的人率领了一批人起义，反对元朝的统治，他再三邀请施耐庵当自己的参谋，施耐庵答应了。可是到了张士诚的队伍里，他并没有受到重用，所以不久就离开了起义队伍。从此，施耐庵浪迹江湖，替人医病解难。到了老年的时候，他在友人的帮助下，在白驹这个地方修建了房屋，在此隐居下来，专心撰写《水浒传》。

《水浒传》是施耐庵以南宋末年宋江36人起义的真人真事为基础写成的。当时社会上已经有了《花和尚》、《武行者》、《青面兽》等话本，施耐庵把这些材料收集起来，作为自己著作的素材。

为了写好这部著作，施耐庵先请高手画师把宋江等36人画了图像，挂在一间房内，每天都对着画像揣摩，久而久之，这36个人的音容笑貌开始活灵活现

起来，在施耐庵的头脑中成熟了，于是他就开始动笔写下了《水浒传》。

施耐庵的家里很穷，女儿要出嫁时，实在拿不出什么像样的东西做嫁妆，无奈之下，施耐庵就把《水浒传》的书稿交给了女儿，让她在生活困难的时候卖给书商付印，好换几个钱。

女儿出嫁后，果然生活困难，只好将书稿拿到书坊去卖。书坊的老板一看书稿，心中暗暗惊叹：真是一部奇书！于是说要先读一读这些稿子，可暗地里却雇人连夜抄写，等施耐庵的女儿来取时，老板却说不买了，施女无奈，只好将原稿拿回去见父亲。

施耐庵一听，觉得其中有鬼。果然，一个月后，书印出来了，改名为《宣和遗事》。施耐庵的女儿知道受骗了，大哭不已。施耐庵却安慰她说："孩子，不必难过，在初稿里我只写了36个人，这一回再从头写起，我要另外增补72人，让他们英雄共108人，我要让这部书的内容更加丰富，到我出书的时候，他骗去的书稿就没有用处了！"

果然，《水浒传》一问世，《宣和遗事》就无人再看了。

农民起义的伟大史诗

《水浒传》描写了108个英雄人物的形象，其中3位女性、105位男性，这些人性格突出，作风明快，路见不平，杀富济贫，以"替天行道"为宗旨，展开了一场气势蓬勃的农民起义运动。

小说以高俅的发迹作为故事的开端，意在揭示农民起义的根源。高俅是封建统治集团的代表人物，是无赖出身，与大批的贪官污吏和地方恶霸狼狈为奸，鱼肉百姓，迫使善良而正直的人们不得不奋起反抗。

《水浒传》中的108个英雄好汉，每个人有每个人的语言，通过这些语言，人物的迥异性格被刻画得惟妙惟肖，栩栩如生。如宋江的谦恭，吴用的足智多谋，林冲的忍让，李逵的心粗胆大、率直忠诚，鲁达的粗中有细、仗义刚正，武松的勇武利落、心思精细，孙二娘的泼辣……通过他们的语言，无不让人如见其人，如闻其声。

《水浒传》中大故事套小故事，如鲁提辖拳打镇关西、林冲雪夜上梁山、杨志卖刀、吴用智取生辰纲、武松打虎等，情节曲折，高潮迭起，可

读性很强，一直是人们耳熟能详的经典片断。

《水浒传》是我国古典文学的经典四大名著之一，它是深受广大人民群众喜爱的长篇小说，在我国的文学发展史上产生了重大的影响。同时，《水浒传》里的故事和人物涉及了许多艺术领域，如曲艺、戏剧、电影、电视、绘画、雕塑等等，成为我国文学宝库中的精品。

罗贯中与《三国演义》

罗贯中（约 1330 ~ 约 1400）

罗贯中（约 1330 ~ 约 1400），名本，字贯中，号湖海散人，杭州人，祖籍山西太原，元末明初著名的小说家、戏曲家，中国章回体小说的鼻祖。

《三国演义》是罗贯中的代表作，是他在有关三国故事的历史、评话、戏曲和民间传闻的基础上加工创作而成的。原书 24 卷，240 则，现在通行的有 120 回。

《三国演义》是一部艺术化的兵书，它逼真地描绘了惊心动魄、千姿百态的战争画卷，是中国章回小说的开山作品，也是明清长篇历史小说中流传最广、影响最大、成就最高的一部。

《三国演义》的全称是《三国志通俗演义》，是罗贯中在历史记载和民间故事，以及运用陈寿《三国志》等正史材料的基础上，结合他丰富的生活经验写成的一部历史演义小说。

《三国演义》描写了公元 184 年到 280 年间近一个世纪的历史故事，全书以刘备、关羽、张飞和诸葛亮等人为中心人物，将蜀汉当做魏、蜀、吴之间矛盾的主导方面，真实地反映了刘备、曹操和孙权三国所代表的封建统治集团之间军事的、政治的、外交的种种斗争。通过这些斗争，作者揭示了当时社会的腐朽和黑暗，谴责了统治者的残暴和丑恶，比较客观地反映了人民在动乱时代的灾难和痛苦，也表现了他们对统治集团的爱憎，以及他们反对战争割据，要求和平统一的愿望。

《三国演义》共120回，其中104回写的是自桃园结义到诸葛亮死于五丈原这51年间所发生的事件，以后46年只用16回就草草结束了。作品中的人物众多，事件错综复杂，作者紧紧抓住曹刘两个集团的矛盾这一主线，展开了一系列的叙述，写得脉络分明。全书成功地塑造了足智多谋的诸葛亮、义勇的关羽、憨直的张飞以及待人宽厚的刘备、一身是胆的赵云、雄才大略的曹操等一系列个性鲜明并具有艺术特色的典型形象。在作者的笔下，这些人物被刻画得栩栩如生，成为典型的代表人物。

《三国演义》中有许多为人传诵的小故事，如桃园三结义、煮酒论英雄、七擒孟获、诸葛亮造木牛流马、蒋干盗书、赤壁之战，等等，极富传奇色彩，广为流传。

《三国演义》最突出的特色就是它的历史性很强，学者们认为它是"七分事实，三分虚构"。书中描写战争的场面尤其出色，它以人物塑造为中心，同斗智斗勇的情节冲突结合起来，着重表现作战双方战略战术的运用、力量的对比、地位的变化，从而揭示出决定胜负的原因，使大小战役在作者笔下显得千变万化，各具特色。

在中国文学史上，《三国演义》这部洋洋几十万字的巨著，通过惊心动魄的政治、军事斗争，塑造了一系列鲜明生动的人物形象，构成了一幅幅绚烂多彩的画卷，丰富了我国的文学艺术宝库。它不但在文学史上影响了后世历史小说的创作，而且产生了不可低估的社会影响，把历史演义小说的创作推向了新的高峰。

吴承恩与《西游记》

吴承恩（约1500～约1582）

吴承恩（约1500～约1582），字汝忠，号射阳山人，江苏淮安人，明代杰出的小说家。他的著名代表作是神话小说《西游记》。

《西游记》全书100回，描述了唐僧、孙悟空、猪八戒、沙僧师徒四人

西行取经的故事，他们一路上经受了种种考验，扫荡妖魔，终于取回了真经。作品最突出的成就是塑造了神话英雄孙悟空的光辉形象。

《西游记》以讽刺、幽默的笔调，运用浪漫主义手法，使小说充满了奇特的幻想，表现了作者高超的艺术想象力。对孙悟空这样一个理想化英雄的塑造，是中国小说史上的独创。书中的许多人物既有神奇性，又有强烈的现实感，为后代神魔小说的形象塑造提供了成功的范例。

偷读"闲书"的吴承恩

吴承恩的曾祖父、祖父都做过朝廷的官。可是祖父去世得早，吴承恩的父亲吴锐只得开个小铺来维持生活。闲来无事的时候，吴锐就给儿子讲故事。吴承恩听得十分认真，父亲讲到英雄建立功绩时，他就激动得满面红光，父亲说到好人受到了冤屈时，他又难过得愁容满面。

吴锐一心想把儿子培养成才，所以很早就送吴承恩进学堂读书。当时的学堂只教《论语》、《孟子》等书，把流传在民间的小说、传奇故事看成是"闲书"，不准学生看。可是，吴承恩偏偏爱上了那些新鲜有趣的"闲书"，特别是神话故事，他看得入了迷。

有一天，吴承恩在课堂上偷读闲书，正看得聚精会神的时候，忽听"啪"的一声响，老师手中的板子敲在了他的桌子上，吓得他连忙站起来，手中的书也掉到了地下。老师训斥吴承恩道：

"我刚才的讲解，你一句也没听进去吧？"

"这个……"

此时，吴承恩脑中还都是书里讲的鬼神故事，愣愣地站在那里，什么也回答不出来。教师再看书名，更生气了，怒气冲冲地说："这种闲书，记的都是荒唐事，读了有什么用？能帮你考试、取得功名吗？"

老师没收了吴承恩的书，并当众惩罚了他。可吴承恩从这些"闲书"中已经体会到一种从来没有过的快乐。书中那些千奇百怪的故事、变化多端的情节，常常让他激动得手舞足蹈。

于是，吴承恩读书的兴趣更大了。他背着老师和家里人，偷偷读着自己喜爱的书。有时候，他还走街串巷，四处去搜寻那些记述鬼怪神灵的民间神话和传说。

有一次，他找到了一本叫《大唐三藏取经诗话》的书，真是喜出望外。这本书中的故事写得千奇百怪，生动有趣。吴承恩爱不释手，可又觉得故事情节还太简单，心想，要是我能把这件事重新编一下，写成一部又长又惊险的书，该多好啊。

从此，写一部长篇取经小说的想法就在他心头产生了。

创作《西游记》

吴承恩的家里生活困难，为了度日，他长大以后，不得不和其他读书人一样，去参加科举考试，想弄个一官半职，养活一家人。可是他一连考了几次都没有考中，直到40多岁的时候才当上了岁贡生，在62岁那年，当上了长兴县的县丞。县丞是个小官，吴承恩当了多年的百姓，亲眼看见了不少官吏欺压人民的不平事，所以，平生第一次做官，他就想做个清官。然而，由于吴承恩不会巴结上司，说话又直，结果上司很不喜欢他。才过了两年，上司就找了个借口，把他辞退了。吴承恩回到家乡，从此再也不想出外做官了，又过起了平民生活。他人老了，手上没多少钱，身边又无子女陪伴，又孤单又贫穷。可是，他并不灰心，凭着一身正气和过人的才华，顽强地生活着，而且还想雄心勃勃地做一番大事业。

这大事业是什么呢？他早就想好了，就是自己少年时代的梦想——写一部长篇小说，把有名的唐僧取经的故事完整地写出来，还要把自己的想法写进去。

当时唐朝和尚唐三藏到印度求学的故事在民间广为流传，而且加进了许多神话传说，里面有神仙，有妖怪，几乎人人都爱听唐僧取经的故事。吴承恩想，现今世道这么不公平，好人受气，坏人作恶，我何不借唐僧取

玄奘

经的故事来表达这种情感呢？

于是经过几年的搜集、整理，在71岁那年，吴承恩开始写作了，他把书名定为《西游记》。

《西游记》塑造了疾恶如仇的孙悟空、胆小自私的猪八戒、憨厚朴实的沙僧和心肠慈悲、人妖不辨的唐僧等人物形象，讲述了师徒四人一路上经受种种考验，扫荡妖魔，终于取回真经的故事。吴承恩从小说一开始，引出了一个叫孙悟空的石猴，他天不怕、地不怕，大闹地府，大闹龙宫，还敢大闹天宫和玉皇大帝对着干。他的反抗精神，使人看了不禁击节称快。

后来，孙悟空保护唐僧到西天取经。这一路上经历了九九八十一难，可他凭着自己的智慧和武艺，降伏了一个又一个妖魔鬼怪，帮助唐僧到西天取到了"真经"。孙悟空是一个为民除害、敢于对抗邪恶势力的英雄，是吴承恩笔下最有光彩的人物。凡是读过《西游记》的人，没有不喜爱孙悟空的。

吴承恩用好几年的时间写完了《西游记》这部流传千古的神话小说，在他80多岁的时候，心满意足地离开了人世。而他塑造的孙悟空、猪八戒、沙和尚、唐僧这些人物形象和描写的《大闹天宫》、《三打白骨精》、《猪八戒招亲》、《三盗芭蕉扇》等故事被人们永远记在心上，成了一代代读者，特别是少年儿童最喜欢的文学人物和作品。

汤显祖与《牡丹亭》

汤显祖（1550～1616）

汤显祖（1550～1616），字义仍，号海若、若士、清远道人，江西临川人，明代著名的剧作家、文学家，在中国和世界文学史上都有着重要地位，被誉为"东方的莎士比亚"。

《牡丹亭》、《邯郸记》、《南柯记》、《紫钗记》四部戏曲作品被称为汤显祖的"临川四梦"。其中《牡丹亭》是他的代表作，它的最大特色是运用

浪漫主义的写法，通过描写少女杜丽娘为了追求爱情和幸福，死而复生的离奇动人的故事，揭露了封建礼教压抑人性的罪恶，表现了青年男女冲破封建礼教罗网的决心，歌颂了他们为追求自由爱情而舍生忘死的斗争精神，具有强烈的反封建意义。

《牡丹亭》讲的是南宋时期一对有情人终成眷属的故事。南安太守杜宝有一个女儿，名叫丽娘，16岁了，却还没有定亲。杜宝为了使女儿成为知书达理的女中楷模，就为她请了位60多岁的老秀才陈最良，还有一个伴读的使女春香。

有一次，春香发现了杜府家有个后花园，就和丽娘偷偷游了后花园。丽娘平时在闺房中很少出门，这一次玩得很愉快。回屋后，她做了一个梦，梦见一个书生手拿柳枝要她题诗，然后两个人一起游牡丹亭，共同吟诗作乐。丽娘醒来后，很怀念梦中的情景，第二天又去后花园寻找梦境，可是这种梦境再也没有出现，于是很失望，慢慢地相思成病，身体渐渐地消瘦下去了。

有一天，丽娘照镜子时看到了自己憔悴的容貌，知道自己已经时日不多了，就叫春香拿来丹青、笔和纸，把自己的相貌画了下来，并在纸上题了一首诗，又把自己曾经做过的梦告诉了春香，让春香叫裱画匠将画裱好。杜宝夫妇听说女儿病重，忙叫陈最良用药，又请来了石道姑念经，但都不见效。在那一年中秋节的晚上，丽娘死去了。临死前，她嘱咐春香把自己的画像装在紫檀木匣里，藏在后花园的太湖山石下，又告诉母亲把她葬在后花园牡丹亭边的梅树之下。这时，朝廷同金军发生了战争，杜宝升为安抚使，要前往淮安上任，需要立即动身。他只得匆匆埋葬了女儿，并造了一座梅花庵供奉丽娘神位，又嘱托石道姑和陈最良照料，就带着夫人和春香走了。因为军事危急，半路上杜宝又只好让夫人和春香乘船去了临安。

广州府有个秀才叫做柳梦梅，一天晚上梦见在一个花园里，有个女子站在一棵梅树下，说与自己有姻缘。柳梦梅在梦醒了之后觉得很奇怪，但是也猜不出来是什么意思。后来他去临安考试，路过南安时生了病，只好住在梅花庵里。等他的病渐渐好了一些时，有一天去游后花园，在太湖石边，拾到一个檀木匣子，把匣子打开一看，正是丽娘的画像。柳梦梅回到书房，就把画像挂在床头前，每天晚上都烧香拜祝。

丽娘在阴间里一待就是三年，阎王发付鬼魂帖时，查得丽娘阳寿未尽，就让她自己回家。丽娘的鬼魂游到梅花庵里，正看到柳生对着自己的画像拜求，很受感动，就与柳生相会，但是她没有告诉柳生自己是鬼魂，只是说自己是邻居家的女儿。

　　没想到他们两人夜夜的说笑声，惊动了石道姑。一天夜里，两人正在说笑，被突然进来的石道姑冲散了。第二天夜里，丽娘只得向柳生说出真情，并求柳生三天之内挖开自己的坟墓，说这样自己就可以还魂了。柳生只好把实情告诉了石道姑，并求她帮助。第二天，他们挖坟开棺，使丽娘还魂。石道姑怕柳生与杜丽娘的事情被发觉，就和他们一起去了临安。

　　陈最良发现丽娘的坟墓被盗了，忙去淮安告诉杜宝，可是还没到淮安就被叛军抓住了。叛军的首领李全听说陈最良是杜家的家塾老师，又得知杜宝还有夫人和春香，就听从妻子的计策，对陈最良说已经杀了杜夫人和春香，然后放了他。陈最良到了淮安，就把小姐坟墓被盗，老夫人、春香被杀的事禀知杜宝，杜宝听后十分悲痛。

　　丽娘他们到了临安，在钱塘江边住下。柳生打算参加考试，可是考试时间已过，多亏主考官苗舜宾是柳生的老相识，才得以补考。丽娘让柳生先去扬州看望父母。柳生走后不久，来临安的老夫人和春香因为天晚找住处恰与丽娘、石道姑相遇了。柳生在淮安见到杜宝，杜宝以为女儿已死，哪里来的女婿，说柳生是假冒的，就把他关押起来。杜宝回到临安，因军功升为宰相。这时，考试的皇榜也发放了，柳生考中了状元，可是大家到处找他也找不着。原来杜宝因为在他身上搜出了丽娘的画像，正对他吊打拷问呢。

　　苗舜宾听说后，赶到杜府，救下了柳生。他告诉杜宝，柳生已经考中状元。杜宝正在气恼时，陈最良到来了，告诉他说小姐确实又活了，柳生真的是女婿。可杜宝却认为这是鬼妖之事，就奏明了皇上，要皇上来裁决。皇上让杜宝、丽娘、柳生、老夫人都前来对证。在金銮殿里，皇上用镜子照丽娘，想看她有没有影子，最后断定丽娘确实是活人。于是在皇上的劝说下，他们父女、夫妻终于相认了。丽娘又劝柳生拜见了岳父杜宝，全家人最终大团圆了。

"三言二拍"

冯梦龙（1574～1646），字犹龙，又字耳犹，号姑苏民奴、顾曲散人、墨憨斋主人等，长洲（今江苏苏州）人，明代著名的文学家、戏曲家。他收集整理了我国第一部白话短篇小说总集"三言"。"三言"分为《喻世明言》、《警世通言》、《醒世恒言》，共120篇。

凌濛初（1580～1644），字玄房，别号即空观主人，浙江乌程（今吴兴）人，明朝时期著名的白话小说家，被称为古代白话短篇之王。他在"三言"的影响下写了两部短篇小说集：《初刻拍案惊奇》、《二刻拍案惊奇》。每部40篇，共80篇。"二拍"是取两部书名中的"拍"字而得名。

"三言"和"二拍"是我国文学史上著名的白话小说集，也是我国白话短篇小说发展史上的第一座丰碑。

冯梦龙年少的时候很有才气，但是怀才不遇，参加过许多次考试都没有考中，直到57岁时才考取了贡生，在福建寿宁县做了一个知县。

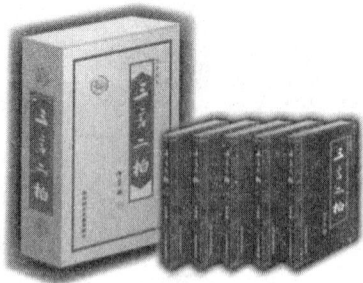

"三言二拍"书影

冯梦龙为官廉洁，很注重爱护百姓。他刚到寿宁县的时候，了解到当地有一个不好的风俗，就是老百姓生了女儿都不肯收养，不是淹死就是抛弃了，很多可怜的女婴刚刚出世就夭折了。冯梦龙就颁布了一个《禁溺女告示》，规定"今后如果发现生了女孩不养，想把婴儿淹死或抛弃的，抓到了就重打三十大板，还要带上枷锁游街一个月"。这个告示一下，果然很有效，寿宁县溺

弃女婴的恶习很快就被遏止了。

冯梦龙在闲暇时间里很喜欢读小说和看戏，还特别喜欢听艺人说书，于是他花费了好几年的时间，广泛搜集了宋代、元代、明代以来500多年间的小说、说书艺人的话本等，进行整理，并且还加进了许多个人的思想内容，创作出了《喻世明言》、《警世通言》、《醒世恒言》，共120篇。因为书名中都带有一个"言"字，所以这几部白话小说集被称为"三言"。

"三言"中的一些作品真实地反映了封建社会的黑暗，表现了人们对封建统治者的愤恨，还有一些是歌颂纯洁的友谊的，但更多的是通过动人的爱情故事，描写青年男女追求幸福生活的愿望，抨击封建婚姻制度对青年的迫害，表现了人们对真挚爱情的追求。

"三言"的流传很广，其中的代表作有《白娘子永镇雷峰塔》、《玉堂春落难逢夫》、《杜十娘怒沉百宝箱》、《金玉奴怒打薄情郎》、《卖油郎独占花魁》、《灌园叟晚逢仙女》等等。《杜十娘怒沉百宝箱》是其中最优秀的一篇，也是明代白话短篇小说中成就最高的一篇。这篇小说塑造了杜十娘这个光辉的女性形象。她本来是个妓女，社会地

"三言二拍"插图

位低下，可是她有着对美好生活的向往。于是，她选择了一个名叫李甲的人，想要托付终身，并且凭借自己的机智，逃出了妓院。然而，在她和李甲一起回家的途中，李甲竟然在金钱和利益的引诱下背信弃义，把杜十娘出卖给了一个富商孙富。杜十娘悲愤不已，在痛骂李甲和训斥了孙富之后，就抱着自己的百宝箱，投河自尽了。杜十娘是一个富有斗争精神的女性，她用自己的青春和生命，控诉了这个罪恶的社会，维护了自己对爱情的理想。

"三言"出现以后，当时的文坛受到了很大的震动，许多人都开始创作白话小说，其中成就最高的就是凌濛初的"二拍"。"二拍"中不再收录或改编以前的作品，几乎完全是凌濛初根据野史笔记、文言小说和社会传闻创作的，这一点在当时是绝无仅有的，所以凌濛初被称为我国"古代白话

一生必知的中国文学知识

短篇之王"。"二拍"对传统的陈腐观念的冲击与反抗更为迫切，所表现的市民社会意识也更深，淋漓尽致地表现出人们追求幸福、反对封建统治的意愿。

"三言"、"二拍"在艺术上也有许多新的突破。这些作品对故事的描写更为细腻，更注重心理刻画，情节更加曲折动人，其中许多佳作成为中国小说宝库中的珍品。"三言"、"二拍"是我国文学史上著名的白话小说集，也是我国白话短篇小说发展史上的第一座丰碑。

"三言"、"二拍"的流传很广，其中的许多故事都被改编成戏曲、拍成电影和电视作品，受到广大人民的喜爱。